1판 1쇄 찍음 2016년 12월 15일
1판 1쇄 펴냄 2016년 12월 23일

지은이 | 정사부
펴낸이 | 정 필
펴낸곳 | 도서출판 **뿔미디어**

기획 · 편집 | 한관희 · 배희선

출판등록 | 2002년 9월 11일 (제1081-1-132호)
주소 | 경기도 부천시 원미구 소향로 17번길(두성프라자) 303호 (우) 14544
전화 | 032)651-6513 / 팩스 032)651-6094
E-mail | bbulmedia@hanmail.net
비북스 | http://www.b-books.co.kr

값 8,000원

ISBN 979-11-315-7617-5 04810
ISBN 979-11-315-7112-5 04810 (세트)

정사부 현대 판타지 장편 소설

Hunting
Frontier

헌팅 프론티어

9

BBULMEDIA FANTASY STORY

뿔미디어

목차

Chapter 1
스승의 은혜

팟!

쿵!

"이크, 라이트!"

어둡던 주변이 마법에 의해 밝아지자 그제야 주변이 보이기 시작했다.

지상에서 아카데미까지의 깊이를 알아내고, 위치를 파악함과 동시에 텔레포트로 이동했다.

하지만 다시 온 아카데미는 전과는 다르게 빛이 없는, 어둠뿐인 공간이었다.

그 때문에 텔레포트를 시전한 장소와 바닥과의 거리를 알지 못해서 지면에 착지할 때 살짝 발목이 삐끗하기는 했지만, 다행히 크게 이상은 없었다.

"캔슬, 메가 라이트!"

잠시 자신의 위치를 확인하기 위해 주변을 살피던 정진은 라이트 마법을 취소하고 다른 마법을 시전했다.

이번에 시전한 마법은 조금 전 시전했던 라이트 마법의 상위 마법으로, 보다 넓은 범위를 밝혀 주는 마법이었다.

뚜벅, 뚜벅.

"아카데미는 아직 무사한데… 스승님들은 안 계시는 건가?"

내부를 걸으며 둘러보던 정진은 고개를 갸웃거렸다.

만약 스승님들이 계셨다면 자신이 이곳에 온 것을 아실 텐데, 아직까지 나타나지 않는 것을 보면 영면에 드셨을 가능성이 높다는 생각이 들었다.

자신이 이곳을 나갈 때 말씀하시던 바로는 지각의 변동으로 인해 아카데미가 사라질 것이고, 자신들 또한 영면에 들게 될 것이라 했다.

다만 아카데미가 사라지기 전에 아케인 제국의 마도를 전할 수 있게 되어 영혼의 소멸이 아닌, 영면에 들 수 있어서 다행이라고 하셨다.

정진도 자신으로 인해 스승님들의 영혼이 영면에 들 수 있다는 것은 그나마 다행이라고 생각했다.

사실 그 이야기를 처음 들었을 때는 영혼의 소멸과 영면의 차이를 알지 못했다. 나중에 알게 되고 나서 얼마나 그것이 다행이라 생각했는지, 식은땀을 흘렸다.

사실 그 당시엔 그저 빨리 이곳을 나가 가족의 품으로 돌아가는 것만이 정진의 목표였다.

물론 나중엔 자신을 구해주고 마법이란 신비한 학문을 전수해 준 스승님들과 헤어지는 것에 몹시 아쉬운 마음이 들기는 했지만, 가족과의 재회만큼 간절하진 않았기 때문이다.

얼마나 걸었을까. 정진은 아카데미 내부를 걷다 스승님들과 마지막으로 함께했던 방이 나오자 그 앞에 섰다.

방문 앞에서 한참을 망설이던 정진은 이윽고 심호흡을 하면서 들어갈 준비를 했다.

"하, 후우, 흡!"

몇 차례 심호흡을 한 정진은 닫혀 있는 방문에 손을 대었다.

그리고 서클을 돌리면서 문에 대고 있는 손을 통해 내부로 마력을 흘려보냈다.

우웅!

마력이 손을 통해 전달되자 앞을 막고 있던 문은 작은 진동음을 내면서 열렸다.

"라이트!"

따로 실내를 밝힐 등을 가져오지 않았기에 방 안으로 들어가면서 다시 한 번 라이트 마법을 시전했다.

조금 전 시전한 메가 라이트 마법은 넓은 공간을 밝힐 때 사용하는 것이지, 실내에선 너무 밝아 효용이 없는 마법이기 때문이다.

밝아진 실내를 살피던 정진은 어느 순간 방 한쪽에 자리한 소울 스톤에 시선이 고정되었다.

"……."

그 소울 스톤은 바로 스승 중 한 명인 젝토르의 것이었다.

이곳을 떠나기 전의 추억이 자꾸 생각났다.

†   †   †

한편 정진이 떠나고 난 직후의 아케인 아카데미.

정진이 마지막 인사를 하며 떠나고 난 후, 감동에 잠겨 있던 젝토르와 제라드는 눈을 떴다.

그런데 그 순간, 둘은 방금 전의 자신과 지금의 자신이 다른 존재가 되었음을 깨달았다.

"허허……."

오랜 세월 동안 자신의 영혼을 가두던 소울 스톤에서 벗어난 것을 확인한 젝토르는 나직하게 웃음소리를 냈다.

또한 그 옆에 있던 제라드 역시 흑마법으로 인해 뼈다귀만 남아 있던 모습과는 다르게, 오래 전에 잃어버린 본모습을 되찾아 확인하기에 여념이 없었다.

"법칙의 굴레를 벗어난 것을 축하하네!"

오랜만에 보는 자신의 본모습이 어색했는지 아직도 살피고 있던 제라드를 향해 젝토르가 축하 인사를 건넸다.

"아, 예. 어?"

자신을 향해 축하 인사를 하는 젝토르의 말에 고개를 들고 답변을 하려던 제라드는 놀란 눈으로 젝토르를 보았다.

"허허, 나도 오래전 잃어버린 모습을 찾았네!"

"아, 축하드립니다! 젝토르 님."

"그래, 고맙네! 훌륭한 제자로 인해 이런 깨달음을 얻게 되고, 영겁에 가까운 시간 동안 선대의 의무를 수행한 보람을 이렇게 말년에 얻게 되다니, 참으로 고마운 일이야."

"그렇습니다. 창조주께서 아케인을 저버리지 않으셨나 봅니다."

제라드는 젝토르의 이야기를 듣더니 동감한다는 듯이 맞장구를 쳤다.

"시간이 별로 없네."

"네!"

젝토르는 자신의 현재 상태가 무척이나 불안정한 것을 알수 있었다.

그리고 이는 제라드 또한 느끼고 있었다.

정진의 진정한 마음을 보고 깨달음을 얻으며 기존의 상태를 탈피한 둘이지만, 그로 인해 자신들이 이곳에 머물 수있는 시간이 얼마 남지 않았다는 것 또한 알게 되었다.

마도의 끝에 도달한 둘의 영혼의 격이 높아짐과 동시에 더 이상 육체에 머물 수 없음을 느낀 것이다.

그와 함께 너무도 자연스럽게 자신들의 영혼이 가야 할곳이 어디인지 알게 된 젝토르와 제라드는 빠르게 이곳에서의 일을 마무리하려고 했다.

"굳이 이곳이 사라지게 두는 것보다, 언젠가 이곳을 찾을 제자를 위해 보존해 두는 것이 좋지 않겠나?"

지각변동으로 사라질 예정이던 아케인 아카데미.

사실 정진에게는 아카데미가 지각변동으로 인해 용암에 휩싸일 것이라 말했지만, 그 당시에도 젝토르와 제라드가 마음만 먹으면 그렇게 하지 않을 수도 있었다.

하지만 그때 그러한 말을 하지 않은 이유는 정진이 아카데미를 떠나는 것을 주저하게 될까 봐 마음을 다잡게 하기 위해 밝히지 않았던 것이다.

게다가 아카데미를 보존하려고 해도 그 당시엔 자신들의 영혼에 남아 있는 마력을 모두 소모해야 했고, 그렇게 한다고 아카데미를 온전하게 보존시킬 수 있다는 보장도 없기에 하지 않았던 것이다.

그런데 정진이 떠나고 깨달음을 얻게 되면서 아카데미가 사라지도록 방치할 필요가 없어졌다.

정진은 이미 떠났고, 육체에 남겨진 마력은 자신들의 영혼이 이곳을 떠나게 되면 어차피 사라질 것이기 때문이다.

또한 마도가 궁극의 경지를 벗어나 이제는 법칙을 이해하고 법칙을 조율할 정도에 이른 둘은 정진이 자신들의 말을 그대로 따르지 않고 언젠가 이곳을 찾을 것이란 느낌을 받았다.

아니, 느낀 것이 아니라 확신했다.

그렇기에 조금이나마 제자를 돕기 위해 이곳 아케인 제국의 토대라고 할 수 있는 아카데미를 보존시키려 하는 것이다.

둘은 떠나는 제자를 위해 많은 것들을 주기는 했지만, 그래도 오래전 아케인 제국이 이루었던 마도를 이 땅에 퍼뜨리기 위한 준비론 너무도 부족했다.

젝토르와 제라드는 제자가 새롭게 세울 마도 왕국을 상상하며 조금이나마 더 도움을 주기 위해 빠르게 움직이기 시작했다.

"준비하게!"

"알겠습니다."

말이 끝나기 무섭게 두 사람의 모습이 사라졌다.

자신들이 있던 방에서 사라진 둘은 공간과 사물의 간섭을 무시하며 아케인 아카데미를 보고 있었다.

지름이 2㎞에 이르는 반구형의 형태로 존재하는 아케인 아카데미의 점점 희미해져 가는 방어막을 보고 두 사람은 손을 뻗었다.

방어막의 주변에는 시뻘건 용암이 호시탐탐 아카데미를 불사르기 위해 넘실거렸다.

아케인 아카데미를 향해 뻗어진 젝토르와 제라드의 팔에서 더 이상 밝을 수 없을 것 같은 황금빛 빛줄기와, 모든 빛을 빨아들일 것만 같은 검은 어둠의 빛줄기가 아케인 아카데미를 향해 쏘아졌다.

팟!

빛줄기는 아케인 아카데미의 정중앙에 모여 회전을 하기 시작했다.

우로보로스의 모양처럼 서로의 꼬리를 물듯 회전을 하던 두 빛줄기는 점점 회전이 빨라지더니, 이윽고 폭발했다.

두 빛줄기가 합쳐지면서 발생한 폭발은 어떠한 소리도, 충격도 없었다.

그런데 폭발이 있고 난 뒤, 놀라운 현상이 일어나기 시작했다.

아케인 아카데미를 불사르기 위해 탐욕스럽게 이글거리며 접근하던 용암이 마치 시간을 뒤로 거슬러 올라가는 것처럼 빠르게 물러나기 시작한 것이다.

그뿐만이 아니었다. 아케인 아카데미는 마치 살아 있는 생물처럼 깊은 땅속에서 위로 솟아오르기 시작했다.

그렇게 솟아오르던 아카데미는 지상에서 300m지점까지 오르고 멈추더니 더 이상 움직이지 않았다.

지표에서 1km나 밑에 있던 아케인 아카데미는 어느새 700m나 위로 솟아올라 이제는 더 이상 용암으로부터 위협을 받지 않을 지점에 위치하게 되었다.

이는 정진이 나중에 돌아오더라도 아카데미가 용암으로부터 위협을 받지 않게 하기 위해서 젝토르와 제라드가 힘을 합쳐 아카데미를 이동시킨 것이다.

물론 지상까지 이동을 시킬 수도 있었지만, 혹시나 다른 사람이 우연하게라도 아카데미를 발견할 수 없도록, 정진만이 찾을 수 있도록 하기 위해 지상까지 올리지 않았다.

둘은 정진이 이곳을 찾는 것은 적어도 7클래스는 마스터

한 상태로 찾을 것이라 생각하면서, 다른 사람들에게 발견되지 않고 정진만이 확인 가능한 거리를 계산해 300m 정도의 깊이로 이동시킨 것이다.

둘은 다시 마법을 통해 아카데미 안으로 들어갔다.

아카데미를 이동시키느라 상당한 마력을 소모했지만, 아직 일은 끝난 것이 아니었다.

아케인 아카데미는 용암이 아니더라도 이 상태 그대로 둔다면, 얼마 버티지 못하고 무너져 버릴 것이다.

아무리 최고 효율의 마나 집접진을 활용하고 있다고 하지만, 오랜 세월 지하 1㎞ 밑에서 지반의 붕괴를 막으며 유지한다는 것은 막대한 마나을 소모한다.

그 때문에 충전되는 마나의 양보다 아카데미를 누르는 지반의 무게를 버티기 위해 생성되는 실드에 들어가는 마나의 양이 많을 수밖에 없다.

지금까지 이렇게 소모되는 마나를 충전한 것은 젝토르와 제라드였지만, 둘은 곧 이곳을 떠나 자신들이 존재해야 할 곳으로 가야만 했다.

충전하지 못한 마나로 인해 실드를 작동시키지 못하게 되면 아카데미는 허무하게 무너질 것이고, 그렇게 되면 기껏 제자를 위해 지상 가까이까지 아카데미를 이동시킨 보람이 없다.

그렇기에 둘은 자신들이 없어도 마나가 부족하지 않게 하기 위해 아케인 아카데미에 있던 마법진을 손보는 작업을 시작했다.

새로운 경지에 오르기 전에 둘은 아케인 아카데미에 새겨진 마나 집접진이 가장 완벽한 것이라 생각했다.

오랜 기간 위대한 마도사들이 연구에 연구를 거듭해 완성한 마법진이었기에 그렇게 생각한 것이지만, 새롭게 깨달음을 얻어 격이 오르고 나서 보니 아케인의 마도사들이 이룩한 마도도 마치 구멍 뚫린 치즈처럼 빈틈이 곳곳에 보였다.

그래서 그것들을 보완하기 위해 작업을 하는 것이다.

하지만 자신들이 깨달은 완벽한 마법진으로 고치진 않았다. 물론 자신들이 깨달은 그대로 마나 집접진을 변경한다면 효율은 좋겠지만, 그래서는 나중에 이곳을 찾을 정진에겐 마법적으로 별로 도움이 되지 않을 것이라 생각한 것이다.

둘은 나중에 정진이 이곳을 발견하고 아케인의 마도와 자신들이 새롭게 고친 마법진의 차이를 연구해 자신들이 올랐던 경지에 올라 다시 만나길 바라는 마음으로 정진이 연구할 수 있는 수준의 불완전한 마법진으로 고쳤다.

우웅! 우웅!

마나 집접진이 개조가 되자 마법진은 새롭게 작동하며 힘찬 맥동을 하기 시작했다.

마치 심장이 박동을 하듯, 마법진이 이전과는 다르게 상당한 마나를 모으기 시작했다.

"이만하면 된 것 같습니다."

"그래, 이 이상 간섭을 하면 삿된 것들이 이곳을 눈치채고 찾아올 것이니, 이 정도에서 그치는 것이 좋겠어."

"예."

두 사람은 아카데미를 개조하는 것을 멈췄다.

인류가 사라진 것으로 알고 있던 뉴 어스지만, 깨달음을 얻고 알게 되었다.

지금의 자신들에겐 미치지 못하지만, 깨달음을 얻기 전의 자신들에 버금가는 존재가 뉴 어스에 존재한다는 사실을 말이다.

다만 그들은 활동을 하기 위해 제한이 있고, 지금은 동면에 들어가 있다.

지구와 다르게 뉴 어스의 문명은 마나를 기반으로 하고 있다.

하지만 이 존재들은 마나가 아니라 변형된 마나, 즉 마기를 기반으로 존재하는 것들이었다.

어찌 보면 깨달음을 얻기 전의 제라드와 비슷한 존재라 할 수 있었다.

둘 다 흑마법을 기반으로 하지만, 차이가 있다면 제라드는 강인한 영혼의 힘으로 마기를 다스리는데 반해, 그들은 마기에 먹혀 버린 존재들이라는 것이다.

그런 존재들이 자신들이 떠난 뒤 이곳 아케인 아카데미를 차지하게 된다면 자신들의 염원을 이어받은 정진에게 엄청난 위협이 될 것이다.

그렇기에 젝토르와 제라드는 그러한 위험을 미연에 방지하기 위해 사악한 존재들이 감지하지 못하는 리미트 직전까지 아카데미의 기능을 올리는 것으로 작업을 마쳤다.

나중에라도 정진이 아카데미에 도착하고 경지가 9클래스, 아니 8클래스 마스터의 경지까지만 오르게 된다면 아카데미의 기능과 함께 외부의 위협으로부터 안전을 보장받을 수 있는 것은 물론이고, 아케인의 마도를 보다 쉽게 퍼뜨릴 수 있을 것이다.

"음……."

작업을 모두 마친 제라드는 무언가 자꾸 아쉬운지 작게 신음을 내뱉었다.

"아쉬운 마음은 이해하지만, 이젠 떠나야 할 시간이네."

"예, 알고 있습니다."

하지만 알고 있는 것과 영혼에 울리는 마음을 다스리는 것은 또 다른 문제였다.

비록 짧은 인연이었지만, 제라드는 정진으로 인해 많은 것을 깨달았다. 지금 자신이 이곳을 떠나게 되면 언제 정진과 다시 만날 수 있을 것인지 기약할 수 없다는 것이 너무도 아쉬웠다.

제라드가 처음 아케인 아카데미에 배속이 되어 마도를 연구하고, 시간이 흐르며 수많은 제자를 가르쳤다.

하지만 제자들은 아케인 제국이 무너지고, 아카데미가 지각변동으로 땅속에 묻히는 사건들을 겪으며 모두 죽었다.

그 때문에 한때 정신적 충격으로 서클이 붕괴되는 사고를 경험하기도 했다.

다행히 스승이었던 젝토르에 의해 일찍 발견이 되어 회복을 했기에 망정이지, 회복하지 못했다면 아마 자신도 이미 죽었을 것이다.

그렇게 제자들을 잃고 난 뒤로 정을 잊고 살아오던 제라드였는데, 겨우 한 달 정도의 인연을 맺은 정진에게 다시 정을 느꼈다.

리치였던 제라드가 단단한 9클래스의 벽을 깬 것은 바로 이러한 정진에게 느낀 진한 정이 어느 정도 작용하기도 했다.

이러한 사실을 격이 올라가면서 자연스럽게 알게 된 제라드는 정진과의 추억이 있는 이곳을 떠나는 것이 계속 아쉬운 마음이 들었다.

하지만 언제까지 여기에 머물 수는 없었다.

자신이 계속 존재한다면 그로 인해 이곳과 뉴 어스 그리고 그곳에서 살아갈 정진까지 위험해질 것을 잘 알기에 이젠 미련을 버려야 했다.

"가시지요."

"그래, 그만 떠나자고. 오래전 우리의 선배들이 그랬던 것처럼, 그곳에서 우리의 뒤를 따라올 후배들을 기다리기로 하자고."

"예, 알겠습니다."

황금빛으로 물든 젝토르는 밝은 빛을 뿌리며 하늘 위로 빛의 기둥을 만들어 내며 솟아올랐다.

검은 어둠을 품은 빛줄기가 된 제라드는 아쉬운 마음을 뒤로한 채 아케인 아카데미를 한 바퀴 돌아서 황금빛 빛의 기둥이 된 젝토르를 뒤따랐다.

그렇게 두 사람은 빛이 되어 사라졌다.

†   †   †

스승님들과 마지막 인사를 드리고 떠났던 것이 바로 엊그제 같이 기억이 새록새록 떠올랐다.

정진은 젝토르의 것이었던 소울 스톤을 말없이 가만히 쓸어보았다.

손끝에 느껴지는 것은 매끄러운 광석의 차가운 감각뿐이지만 정진에게는 그 차가운 온도마저 따스하게 느껴졌다.

"스승님, 제가 돌아왔습니다."

차가운 소울 스톤의 표면을 쓸면서 작게 중얼거렸다.

그렇게 한참을 젝토르의 소울 스톤을 만지며 중얼거리던 정진은 다시 방을 나섰다.

스승님들과의 추억을 되새기는 것은 이 정도로 하고, 본격적으로 볼일을 보기 위해서였다.

혹시나 아카데미를 사용할 수 있을지 알아보기 위해 아카데미를 움직이는 마나 집접진을 확인하려는 것이다.

방을 나선 정진은 지하의 마나 집접진이 있는 방으로 이동을 했다.

"음……."

아케인 아카데미의 가장 중추가 되는 이곳 마나 집접진이 위치한 방.

그곳에 도착한 정진은 무언가 이상하다는 듯이 작게 신음성을 내었다.

정진의 본래 계획은 이곳에 도착해 마나 집접진을 확인하고, 마법진에 이상이 없으면 재가동을 할 생각이었다.

그런데 마법진을 확인하면서 정진은 마법진이 변형된 것을 발견하였다. 수년이 지난 기억이지만, 분명 무언가가 바뀌어 있는 것을 본 것이다.

"마법진이… 조금 이상한데?"

스승님들도 이곳, 마나 집접진의 중요도를 잘 아실 텐데 마법진을 변형한 것에 의문을 느낀 정진은 어떻게 바뀐 것인지 확인을 해보았다.

"여기에 왜 이 문자가 들어간 거지?"

마법진에는 도형뿐만 아니라 마법진에 필요한 문자인 룬 문자가 들어가게 된다.

그리고 마법 문자인 룬은 그 역할에 따라 자리를 잡아 위치한다.

그런데 지금 살펴본 마법진에는 그리 필요하지 않은 룬 몇 개가 자리하고 있었다.

그렇다고 그 룬이 아주 필요 없느냐 하면 그렇지도 않아 정진의 머리를 아프게 하였다.

"뭔가 뜻이 있으셔서 이렇게 개조를 하셨을 텐데, 지금으로선 그 의도를 파악할 수가 없구나."

마법진의 효율을 가장 우선적으로 생각하는 것이 마법사이며 마도사다.

그런데 들어간 공식이나 자원에 비해 그리 효율이 높아

보이지도 않는 룬이 첨가된 마법진을 아무리 살펴보아도, 첨가된 룬의 기능이 무엇 때문인지 알 수가 없었다. 정진은 아직 스승님들이 어떤 의도로 기존의 마나 집접진을 개조한 것인지 알 수는 없지만, 우선 기능 면에서 보면 아무런 하자가 없다는 것을 확인하고는 마법진에 마력을 부여하였다.

우웅! 웅! 웅!

심장 주위를 돌고 있는 일곱 개의 마나 서클이 고속으로 회전을 하기 시작하였고, 흘러나온 마력은 정진의 팔을 타고 마나 집접진 중앙에 있는 커다란 코어에 스며들었다.

그러자 마나 회로가 밝게 빛나고, 코어에서 마치 살아 있는 심장처럼 빛이 파동을 일으킴과 동시에 코어를 중심으로 마법진의 도형에도 점차 빛이 들어오기 시작했다.

빛은 점점 도형 안에 있는 룬에도 전달이 되더니, 어느 순간 지하실 전체가 화려한 빛으로 가득 채워졌다.

확!

마법진이 밝게 빛나기 시작하던 것도 잠시, 코어에서 밝은 빛이 폭발하듯 확산되었다.

우웅!

동시에 마나 집접진이 본격적으로 가동을 시작하자, 아카데미 전체가 막혔던 숨을 토해내듯 진동을 했다.

팟! 팟! 팟!

모퉁이에서부터 방에 차례대로 불이 들어오기 시작했다.

"어?"

정진은 방 중앙의 마나 집접진에만 정신을 집중하고 있었는데, 갑자기 자신의 주변과 뒤쪽에서 다른 변화가 일어나자 깜짝 놀랐다.

"어떻게 된 거지?"

전에는 전혀 이런 일이 없었다.

그렇기에 자신이 없던 그 시간에 이곳에 어떤 변화가 있는지 도저히 알 방도가 없었다.

"마법진이 변한 것과 연관이 있는 건가?"

중앙의 마법진을 중심으로 육각형을 그리며 자리하고 있는 또 다른 코어들을 보며 조금 전 마나 집접진을 살피면서 봤던 룬과 연관이 있을 것이라 짐작했다.

그것 말고는 설명이 되지 않았기 때문이다.

어느새 아카데미 전체는 흐르는 마력으로 인해 환해져 있었다.

뚜벅, 뚜벅.

넓은 아카데미 안을 혼자 걷고 있는 것이 무척이나 을씨년스러울 법도 했지만, 정진은 아카데미 곳곳에 스승님들의 숨결이 묻어 있다고 느끼기에 전혀 그러한 생각이 들지 않았다.

"아카데미가 무사한 것을 보면 스승님들께서 뭔가 내게 남긴 것이 있을 것 같은데 말이지……."

정말로 스승님들이 사라졌어야 할 아카데미를 보존하고, 또 마법진마저 개조를 했다면 분명 자신에게 뭔가 메시지를 남겼을 것이란 생각이 들었다.

그런 생각이 들자 정진의 걸음은 자연스럽게 스승님들이 있던 방으로 향하게 되었다.

다시 찾은 스승님들의 방.

방은 처음 들어왔을 때와 전혀 다르게 바뀌어 있었다.

[어서 오거라.]

"스승님!"

방으로 들어가던 정진은 깜짝 놀랐다.

방에 들어가기 무섭게 제라드의 모습이 보였기 때문이다.

"아니, 어디에 계셨던 겁니까?"

스승 중 한 명인 제라드의 모습을 본 정진은 조금 전 자신이 이곳에 왔을 때는 왜 보이지 않았는지 의아해하며 물었다.

[허허, 잘 있었느냐?]

정진이 제라드에게 답을 받기도 전에 어느새 또 다른 인물이 나타나더니 말을 건넸다.

"누구… 설마, 젝토르 스승님?"

지금까지 단 한 번도 본 적이 없는 사람이 말을 걸자 처음에는 당황해 누구인가 했지만, 자신에게 이렇게 친근하게 말을 거는 것을 보고 금방 누구인지 눈치챌 수 있었다.

[그래, 나다.]

"어떻게 된 일입니까?"

정진은 다시 보게 된 스승님들을 보고 반가움과 놀라움을 감출 수 없었다.

지각변동으로 인해 아카데미가 사라질 것이라 말을 했는데 아카데미는 멀쩡한 모습으로 발견이 되고, 또 지하에 위치한 마법진은 개조가 되어 있었다.

더욱이 자신이 처음 이곳에 왔을 때 아무 이상도 없던 스승님들의 방이 모습이 바뀌면서 이제야 나타난 것도 의아했다.

[시간이 별로 없구나. 우리가 하는 이야기를 듣기만 해라.]

젝토르는 정진의 질문에 답하지 않고 빠르게 이야기를 시작했다.

[사실 지금 보는 우리들의 모습은 진짜가 아니라, 영혼의 일부를 가지고 만든 에고다.]

"뭐라고요? 스승님들의 에고라고요?"

정진은 지금 젝토르가 하는 말을 이해할 수 없었다.

하지만 곰곰이 생각해 보니 금방 젝토르의 말을 이해할 수 있게 되었다.

이미 자연의 법칙을 어느 정도 이해하고 있는 스승님들이라면, 충분히 자아를 분리해 이용할 수 있을 것이라 짐작했다.

[네가 떠난 후 제라드와 나는 새로운 경지에 이르게 되었다.]

'헉!'

마도가 최고조로 발달했던 아케인 제국 말기에도 9클래스는 최고의 경지였다. 그런데 젝토르뿐만 아니라 또 다른 스승인 제라드까지 같이 경지를 초월했다는 말에 정진은 경악에 가득 차 아무런 말도 하지 못하고 그저 젝토르의 말을 경청했다.

[네가 이곳을 떠나고 우린 아주 잠깐 네 미래를 보게 되었다.]

젝토르는 자신들이 9클래스의 경지를 벗어나면서 잠깐 엿보게 된 미래를 정진에게 살짝 들려주었다.

물론 어떤 미래가 정진의 앞에 펼쳐질 것인지 들려준 것은 아니다.

그것은 아무리 9클래스를 초월해 지고의 존재가 된 이들이라고 해도 함부로 말할 수 있는 이야기가 아니었다.

[우리가 네게 지어준 짐이 얼마나 큰지 알면서도 당시 능력이 되지 못해 줄 수 없던 것이 있어 이렇게 네 앞길에 도움이 되길 바라며 이곳을 개조하였다.]

팟!

젝토르의 말이 끝나기 무섭게 정진과 젝토르의 중간에 영상이 떠올랐다.

[아카데미의 기본 기능은 네가 이곳에서 수련을 할 때와 다르지 않다. 다만 이곳…….]

젝토르가 말을 할 때 아카데미를 입체적으로 나타낸 영상의 한 부분이 붉게 빛났다.

[이곳과 이곳…….]

젝토르가 이어서 가리키는 지점마다 빛이 선명하게 표시를 하기 시작했다.

[이곳은 아케인 마탑을 지킬 가드를 양성하는 곳이다. 그리고 이곳은 그런 가드들을 무장시킬 수 있는 장비를 만드는 공방이다.]

'공방? 스승님들이 날 위해서 만든 공방이라면 지금 내가 운영하는 것보다는 훨씬 좋겠군!'

정진은 아카데미에 공방이 있다는 말에 감탄했다.

현재 정진은 아케인 클랜의 이름으로 매직 웨폰 사업을

하고 있다.

하지만 마법을 알고 있는 사람이 자신을 포함해 겨우 네 명뿐이라 그리 큰 규모는 아니었다.

물론 아직도 수요에 비해 공급이 부족한 관계로 매직 웨폰은 비싼 가격에 팔리고 있지만, 그것도 이젠 한계에 다다르고 있었다.

매직 웨폰을 팔기 시작한 초기와는 다르게 이젠 헌터들의 실력이 월등히 향상되어 기존에 만들던 매직 웨폰보다는 보다 기능을 향상하거나 추가하는 커스텀 주문이 많아지고 있는 추세다.

그렇다고 주문 제작만 받아 매직 웨폰을 판매할 수는 없는 일이다.

이는 정부와 약속이 된 일이기에, 그것을 무시하고 돈이 되는 주문만 받아 매직 웨폰을 생산할 수는 없어 참으로 답답했는데, 스승의 이야기를 듣고 속으로 너무도 기뻤다.

'스승님, 감사합니다.'

정진이 이렇게 속으로 감사 인사를 하고 있을 때에도 젝토르의 에고는 아카데미가 어떻게 바뀌었는지 설명을 계속했다.

[마법사에게 가드는 무척이나 중요한 존재다. 너희 세상에도 이들과 마법사의 관계를 이르는 말이 있는 것으로 알

고 있다.]

"아! 순망치한이요?"

[그렇다. 마법사는 가드의 보호 속에 있어야 더욱 제 기능을 할 수가 있다. 물론 어느 정도 경지 이상에 오르면 가드는 필요가 없게 되겠지만, 그전까지는 마법사에게 자신을 보호할 가드는 필수 불가결의 존재다. 그러니 이들을 양성하는 것이나, 가드를 무장시키는 것에 소홀함이 없어야 한다.]

"알겠습니다."

젝토르는 정진이 대답을 한 후에도 계속해서 다른 당부의 말을 잊지 않았다. 그러다 젝토르의 당부가 끝나자 그의 말을 이어 제라드가 몇 가지 이야기를 했다.

[젝토르의 설명을 들었으니 아카데미에 대한 말은 더 이상 하지 않겠다. 다만 내가 네게 들려줄 것이 있다.]

"예, 말씀 하십시오."

정진은 제라드의 말에 자세를 바로 하고 경청했다.

[너도 이제는 마법이 어느 정도 경지에 이르렀을 것이니, 내 예전의 모습이 어떠했는지 짐작할 수 있을 것이다.]

제라드는 예전 에고를 잃지 않은 데미 리치였던 자신의 모습을 언급했다.

"예, 알고 있습니다."

[내가 리치가 된 것은 의무를 수행하기 위해 불가피하게 이루어진 것이라고 하지만, 그러기 위해서 난 당시에 인간으로서 감히 손을 대선 안 되는 흑마법을 섭렵했다.]

제라드의 목소리는 진중하고도 심각했다. 자신 스스로가 겪어본 흑마법이기에 제자에게 반드시 전하고자 하는 메시지임을 느낄 수 있었다.

[흑마법은 무척이나 위험한 학문이다. 물론 그만큼 인간의 호기심을 자극하고, 또 결과가 빠르게 나타나는 것도 사실이다. 분명 흑마법이 백마법에 비해 좋다고 할 수는 없지만, 그렇다고 무조건적으로 배척하라고도 하진 않겠다. 다만 내가 말하고자 하는 것은 언제나 네 자신을 믿고 에고를 굳건히 하라는 것이다. 그렇게만 한다면 아무리 흑마법이라도 널 위험에 빠뜨리진 못할 것이다.]

제라드는 흑마법의 위험성을 경고하면서도 그것이 아주 나쁘지만은 않다는 것을 역설했다.

실제로 제라드는 정진에게 흑마법에 대한 공부는 전혀 시키지 않았다. 아케인의 마도는 흑마법, 백마법 등 세상에 존재하는 모든 마법을 총망라하고 있으면서도 정진에게는 백마법 위주로만 마법을 가르쳤던 것이다.

만약 당시 제라드가 백마법이 아닌 흑마법 위주로 마법 수련을 시켰다면 정진은 5클래스가 아닌, 그 이상의 경지에 올라 아카데미를 나갔을 것이다.

그만큼 흑마법은 속성으로 빠른 시간에 마법사를 양성할 수 있었다.

다만 제라드가 흑마법을 가르치지 않은 것은, 흑마법이 빠르게 마법사를 양성할 수는 있어도 일정 경지 이상으로 오르기는 오히려 백마법이나 다른 마법에 비해 무척이나 어렵기 때문이다.

흑마법이건 백마법이건 마법의 분류를 떠나 모든 마법은 등가교환의 법칙을 따른다.

초반에 빠르게 경지가 오르는 마법이 있는가 하면, 후반에 경지를 올리기 쉬운 마법도 있는 것이다.

앞쪽에 속한 것이 흑마법이라면, 뒤에 언급한 것은 백마법이 해당된다.

그렇기에 제라드는 자신들의 염원을 담은 후예를 양성하는 것이라 후반에 경지를 높이기 쉬운 백마법을 위주로 가르친 것이다.

하지만 그 굴레를 벗어난 지금은 백마법이나 흑마법의 분류가 무의미하다는 것을 깨닫게 되었다.

그렇기에 정진에게 경고를 하면서도 굳이 막지는 않았다.

다만 흑마법의 사악한 유혹에서 영혼의 오염을 막는 요령에 관해 조언을 할 뿐이었다.

"잘 알겠습니다."

[그래, 어떤 것을 행하더라도 마법사로서의 본분을 잊지 말고 두 번, 세 번 의심을 하고 생각을 하다 보면 어려움은 있을망정 불가능은 없을 것이다.]

"예. 스승님들의 뜻, 잘 받들겠습니다."

[그래, 네가 그렇게 이야기를 하니 스승으로서 정말로 기쁘구나! 마지막으로 당부하건대, 좌절하지 말고 더욱 정진하여 미래에 다시 널 볼 수 있길 기원하마!]

"예, 저도 일로 정진하여 스승님들을 다시 볼 수 있기를 바랍니다."

정진은 스승님들의 조언에 깊이 고개를 숙이며 그렇게 따를 것을 맹세하였다.

[그럼, 중간계에서의 우리의 인연은 여기까지인가 보구나. 잘 있거라.]

[제자야, 몸 건강하거라. 그리고 앞으로 네 앞길을 막는 존재가 나타나게 되더라도 절대로 굽히지 말고 우리 아케인의 후예로서 자신을 증명하기 바란다.]

젝토르와 제라드는 그렇게 마지막 말을 남기고 사라졌다.

"스승님, 스승님!"

사라진 두 스승을 다시 애타게 불러보지만, 두 사람의 에고는 더 이상 나타나지 않았다.

불러도 나타나지 않는 스승의 모습에 정진은 격앙되었던 마음을 진정시켰다.

"가셨구나… 그래, 스승님의 말씀대로 내가 스승님 정도의 경지에 들게 되면 다시 만날 수 있을 거야."

정진은 사라지기 전에 스승님들이 한 이야기를 되새기며 다짐했다.

† † †

웅성웅성.

조용하던 아케인 아카데미에 일단의 사람들이 모여 웅성거리는 소리가 들려 왔다.

"모두 조용!"

정진이 떠들고 있는 사람들을 향해 소리치자 서로 끼리끼리 모여 떠들던 사람들의 입이 닫혔다.

"이곳은 아케인 아카데미라고 한다."

정진이 설명을 시작하자 사람들은 경청하기 시작했다.

"이름에서도 알 수 있듯, 이곳이 바로 우리 아케인 클랜의 원류다."

웅성웅성.

정진의 말이 끝나기 무섭게 장내는 다시 웅성거리는 소리로 떠들썩해졌다.

"아케인이란 이름은 바로 여기에서 따온 이름으로, 뉴 어스의 어떤 고대 제국의 명칭이다."

그렇게 아케인 클랜이 어떻게 탄생하게 되었으며, 그 이름이 무엇 때문에 생겨난 것인지 정진은 하나부터 열까지 차근차근 설명하기 시작했다.

"내가 이곳에서 그 힘을 받았고, 또 클랜원 중 몇몇은 나와 같은 힘을 수련하고 있다."

정진의 말이 거듭될수록 장내의 소란은 더욱 커졌다.

하지만 정진은 이런 소란을 진정시킬 생각도 하지 않고 말을 계속 이어갔다.

"물론 불만이 있을 수도 있다. 하지만 전에도 내가 말했을 것이다. 알다시피 마법이란 것은 소질을 타고나야 한다. 하지만 또 다른 힘이 있다. 다들 알고 있겠지만, 그 힘은 소질에 관계없이 누구나 익힐 수 있다."

정진은 잠시 말을 멈추고 장내를 살폈다.

아직도 옆 사람과 이야기를 주고받는 사람도 있고, 자신의 말에 경청을 하는 사람도 있는 것을 볼 수 있었다.

"오늘 내가 여러분들을 이곳에 데려온 것은 기존에 가르쳤던 것보다 훨씬 진보된 것을 가르쳐 여러분을 보다 높은 경지로 올릴 수 있는 기회를 주려고 하는 것이다."

"와!"

정진의 말이 끝나기 무섭게 모여 있던 사람들 속에서 함성이 들렸다.

이곳에 모인 사람들은 아케인 클랜의 헌터들이 맞기는 하지만, 모든 클랜원이 이곳에 있는 것은 아니었다.

여기 있는 인원은 1차 인원으로 50명만 뽑혀 이곳에 온 것이다.

이곳에서 한 달간 수련을 하고, 수료를 하면 다른 인원이 이들을 대신해 다시 한 달간 수련을 할 예정이다.

오늘 이곳에 온 이들은 기존 아케인 클랜원들 중에서 가장 자질이 우수한 사람들을 위주로 뽑아온 것이었다.

연설이 끝나고 정진은 이들을 인솔해 방을 배정해 주었다.

아카데미 안은 50명의 인원이 숙식을 하기에 부족함이 없었다.

아니, 오히려 방은 남아돌아 50명의 인원의 배는 더 수용할 수 있었지만, 정진과 간부들은 그렇게 하지 않았다.

그것은 이들이 헌터이기 때문이다.

헌터는 돈을 벌기 위해 위험을 감수하는 직업을 가진 사람들이다. 그리고 클랜은 그러한 사람들을 보다 안전하게 하기 위해 조직한 것이다.

그러니 무턱대고 클랜원을 수련을 목적으로 이곳에 수용할 수는 없는 일이다.

수련을 목적으로 빠진다 해도 남은 인원들이 충분히 그 빈틈을 메울 수 있도록 고심 끝에 50명씩 나눠 수용을 하게 된 것이다.

이제는 아케인 클랜도 총 인원이 천 명에 이르게 되어 3대 클랜으로서 위용을 가지게 되었다.

이렇게 50명이 돌아가면서 수련을 하고, 모두 수련을 마치는 날이 온다면 아케인 클랜의 헌터는 지금보다 훨씬 강력한 정예가 될 것이다.

Chapter 2
아케인 클랜의 비밀회의

두 스승과 마지막 인사를 나눈 직후, 아케인 아카데미 안으로 들어가 여러 가지를 살피던 정진은 자신이 있던 때보다 더 기능이 좋아진 것을 확인했다.

아니, 자신이 언젠가 아카데미로 돌아올 줄 미리 확신하고, 자신의 행보에 도움을 주기 위해 기능뿐만 아니라 아카데미에는 없던 시설까지 스승님들이 만들어 두셨다.

이런 시설은 정진에게 무척이나 필요한 것들이었기에 다시 한 번 스승님들께 감사했다.

자신을 위해주고 챙겨주는 스승님들을 보면서 정진은 속으로 아케인의 이름으로 마도를 다시 한 번 이 땅에 퍼뜨릴 의무를 되새겼다.

정진이 아케인 아카데미에서 돌아와 가장 먼저 만난 것은 초창기부터 함께한 이정진이었다. 사정을 말한 후, 아케인 아카데미를 어떻게 활용할 것인지를 토의하기 위해 급하게 간부 회의를 소집했다.

물론 회의 내용은 외부로 새어 나가면 안 될 중요한 것이었기에 회의 장소는 신림동에 있는 아케인 빌딩이나 뉴 어스의 아케인 쉘터도 아닌, 영원의 숲 내부에 있는 타라칸의 둥지로 정했다.

현재 아케인 클랜은 본거지를 신림동에 있는 아케인 빌딩에서 점차 뉴 어스의 아케인 쉘터로 옮기고 있는 중이었다.

비록 아케인 쉘터가 작다곤 하지만 클랜의 중요한 일은 헌터들이 하는 일이기에, 신림동 아케인 빌딩에 남은 인원은 대부분이 헌터를 지원하는 업무를 하는 이들로, 굳이 뉴 어스에 갈 필요가 없는 부서의 인원만 아케인 빌딩에 잔류를 하고, 헌터들은 대부분 아케인 쉘터로 이동했다.

그렇다고 아케인 빌딩에 헌터가 아주 없는 것은 아닌데, 그 이유는 바로 아케인 쉘터의 수용 인원이 500명 정도가 한계이기 때문이었다.

아케인 클랜의 헌터가 모두 뉴 어스로 이동을 하기 위해선 적어도 현재 있는 아케인 쉘터 크기만 한 쉘터가 한 개 내지는 두 개 정도 더 필요했다.

헌터 프론티어

하지만 쉘터 건설은 아직 의뢰받은 것들이 밀려 있는 관계로 클랜 소속 헌터가 모두 이동하기까지는 아직 시간이 더 필요했다.

† † †

영원의 숲 타라칸의 둥지.

헌터들에게 금지인 영원의 숲은 아케인 클랜의 간부들에게 만큼은 더 이상 금지가 아니었다.

간부들 개개인이 오크 전사 이상의 전투력을 가지고 있었고, 정진이 만들어준 주문 제작형 매직 웨폰과 매직 아머로 무장하면 트롤은 물론이고, 두세 명이 모이면 중형 몬스터인 오거도 피해 없이 잡을 수 있을 정도로 전투력이 상승한다.

그러니 더 이상 아케인 클랜의 간부들에게 영원의 숲은 두려운 곳이 아니라, 오히려 몬스터가 많은 화수분과 같은 곳이 된 것이다.

"전무님, 오늘 클랜장께서 무슨 안건으로 저희를 여기로 소환한 것입니까?"

이진한이 류재욱 전무를 보며 궁금하다는 듯이 물었다.

한창 다음 사냥 계획을 짜고 있던 이진한으로서는 급하게 간부 회의를 소집하는 정진의 호출에 남은 계획을 부팀장에게 넘기고 급히 이곳에 왔기에 회의 내용을 듣지 못했다.

"유적이 발견되었어."

"유적이요? 아니, 어디서 유적을 발견했다는 겁니까?"

유적이 발견되었다는 말에 놀랐는지, 이진한의 눈이 크게 커졌다.

"아니, 나도 아직 자세한 것은 모르고, 짐작만 할 뿐이야."

"아, 네."

류재욱의 말에 이진한은 혹시 뭔가 알고 있는 사람이 없는지 주변을 살펴보았다.

그런 그의 눈에 동기이자 친구인 정한의 모습이 보였다.

"정한아."

"응, 진한이 왔냐? 요즘 보기 힘들더라?"

"나야 사냥으로 바쁘잖냐."

"그래? 좀 쉬엄쉬엄 해라. 요즘 진국이한테 듣기론 집에도 잘 들르지 않는다며?"

"하하, 그렇게 되었다. 어휴, 애들은 커가지, 들어갈 돈은 많지……."

진한은 정한의 질문에 머쓱했는지 변명을 늘어놓았다.

하지만 아케인 클랜의 헌터에 대한 대우를 잘 알고 있는데, 그런 변명이 통할 리 없었다. 결국 정한은 진한에게 한 소리 더했다.

"아무리 그래도 영은이가 집에만 있으려 하지 않을 텐데, 고집 그만 부리고 집에 들어가라. 형이 아케인 빌딩 내에 보육 시설 설치하고 보육 교사들도 다수 고용한다고 했으니 영은이도, 그리고 보영이나 진영이에게도 좋을 거야."

사실 진한은 그의 부인인 권영은과 기 싸움 중이다.

진한은 자신의 부인이 힘들게 일을 하는 것이 자신이 돈을 많이 못 벌어 그런 것 같아 쉬지 않고 몬스터 사냥을 하고 있었다.

하지만 그런 것이 아니었다. 권영은은 일하는 것이 좋고, 보람을 느끼기에 하는 것이다. 물론 조금이나마 가계에 도움이 되는 것도 있지만.

더욱이 남편과 같은 직장에 다니고, 또 남편을 뒤에서 도울 수 있다는 것이 행복하기 때문에 자꾸만 자신을 집에만 두려는 진한이 반대로 원망스러워 고집을 피우고 있었다.

이렇게 두 사람은 서로를 생각하면서도 그 방향이 평행을 이루기에 엇나가고 있어, 주위 사람들이 보기에 이들 부부가 위태위태해 보이는 것은 어쩔 수 없을 것이다.

"아, 그 이야기는 내가 알아서 하고, 형님께서 무슨 일로 간부들을 소집한 거냐?"

진한은 조금 전에 다른 간부들과 있을 때 정진을 클랜장이라고 한 것과 다르게 정한에게 물을 때는 형님이란 단어를 썼다.

정한에게 정진은 친형제이고, 또 자신은 정한과 친구이니 편하게 부르는 것이다.

"응, 형이 뭔가 발견한 것이 있는데, 그것을 클랜 내에서 어떻게 활용할지에 대한 논의를 하려는 것 같아."

정한은 정진에게 뭔가 들은 것이 있기에, 자신이 알고 있는 범위 내에서 설명을 해주었다.

"뭐? 그럼 정말로 형님께서 유적이나 던전을 발견하신 거야?"

"음, 어떻게 보면 그렇게 볼 수도 있겠다."

"그렇게 보다니? 그러면 그런 것이고, 아니면 아닌 것이지."

진한은 애매한 정한의 말에 인상을 찡그리며 투덜거렸다.

"짜샤, 나도 자세한 것은 몰라."

"그래."

정한과 진한은 작게 투닥거리며 이야기를 주고받았다.

"그만! 모두 자리에 착석해."

언제 들어왔는지 이정진이 방으로 들어와 소리쳤다.

아케인 클랜의 간부들이 회의를 하기 위해 모여 있는 이곳은 아케인 쉘터로 헌터들이 이동하기 전에 간간이 간부 회의장으로 이용되던 곳이다.

사실 얼마 전까지 타라칸의 둥지 주변에 임시로 목책을 세우고, 또 그 안에 숙소를 만들어 임시 쉘터로 이곳을 이용했으니, 이곳에 회의장이 있는 것은 이상할 것도 없었다.

이정진의 착석하라는 말이 떨어지기 무섭게 장내에 있던 사람들이 모두 자리에 앉았고, 정진도 들어와 자리에 앉았다.

"오늘 내가 이렇게 회의를 소집한 것은 간부들에게 알려 줄 것도 있고, 또 그에 따라 의논할 것도 있어섭니다."

"클랜장님, 무슨 급한 안건이기에 이렇게 클랜의 모든 간부를 소집한 것입니까?"

간부들이 모두 모인 공식적인 자리기에 김지웅은 평소와 다르게 정진에게 존칭을 사용하며 질문을 했다.

"예, 다름이 아니라 저와 관련된 이야깁니다."

"네? 클랜장님과 관련된 이야기라니요? 혹시 또 어디 외유를 나가시려는 겁니까?"

얼마 전, 정진이 아케인 아카데미를 찾는다는 미명 아래 며칠 잠수를 탄 적이 있었다.

물론 클랜장인 정진이 며칠 자리를 비운다고 해서 문제가 될 것은 없었지만, 그래도 클랜에 클랜장이 자리하고 있는 것과 그렇지 않은 것은 많은 차이가 있는 법이다.

"그런 것은 아닙니다. 제가 지금부터 말하는 것은 중요한 비밀이니 절대로 다른 사람들에게 알리지 말아주셨으면 합니다."

정진은 진지한 표정으로 간부들을 돌아보며 비밀을 지킬 것을 당부하였다.

"알겠습니다. 그러니 말씀해 보시지요."

김지웅이 운을 떼자, 정진은 오늘 회의를 소집한 이유를 설명하기 시작했다.

"여기 계신 분들은 제가 어떤 힘을 가지고 있는지 잘 아실 겁니다."

정진이 자신의 능력에 관한 이야기를 하자 자리에 있는 간부들의 눈이 커졌다.

"제가 이 힘을 배운 곳이… 사실 이곳과 가까운 곳에 위치해 있습니다."

"헉! 그게 정말입니까?"

"형! 그게 사실이야?"

정진의 말에 다른 간부들의 놀람은 물론이고, 동생인 정한은 어찌나 놀랐는지 지금 간부 회의 중이란 것도 잊고 정진을 집에서 부르는 것처럼 불렀다.

"전에도 잠깐 언급한 적이 있었는데, 이곳 뉴 어스에는 아주 오래전에 마도 문명을 꽃피운 제국이 있었습니다. 그곳의 이름은 아케인이라고 하며, 제가 그 아케인 제국의 마도를 계승했기에 클랜의 이름도 거기서 따와 아케인이 되었습니다."

처음 클랜을 설립할 때 소속 헌터들 앞에서 했던 설명을 다시 한 번 꺼내며 이야기를 시작하자, 간부들이 귀를 기울이며 집중하기 시작했다.

"제 스승님들은 당시엔 아카데미가 지각변동으로 용암 속으로 묻힐 것이라 하셨지만, 제가 떠난 후에 마지막 힘을 발휘해 아카데미를 보존시키셨습니다. 그래서……."

정진은 자신이 아케인 아카데미를 찾고 스승님들의 에고를 만나 아카데미가 자신에게 유산으로 남겨진 것까지 모두 설명했다.

"아……."

"대단한 분들이군."

"그런 비밀이 있었다니……."

정진의 말이 끝나기 무섭게 여기저기에서 감탄의 말이 나오기 시작했다.

아니 그렇겠는가. 인간의 수명을 뛰어넘고, 시간을 거슬러 영혼만 남은 상태에서도 임무를 수행하기 위해 존재했으며, 결국 후계자를 양성한 뒤, 자신의 운명이 끝났음을 느끼면서도 마지막으로 제자를 위해 모든 힘을 다해 거대한 유적을 남겼다는 말에 감동을 하지 않을 수 없었다.

"그럼 그 유적은 전적으로 클랜장님의 의지로만 움직인다는 말씀이십니까?"

이정진은 정진이 말한 것에 조금 애매한 부분이 있어 확실히 짚고 넘어가기 위해 질문했다.

유적이나 던전은 발견이 되면 무조건 국가에 신고를 해야 하는 의무가 있다.

본래 유적이나 던전은 그 소유권을 주장할 수 있는 주인이 없기 마련이다. 그렇기에 개발에 대한 우선권은 최초 발견자일 수밖에 없고, 정부에서도 이런 최초 발견자에 대한 권리를 인정하고 있긴 하다. 하지만 정부는 일정 지분을 인정하는 것이지, 소유권을 인정하는 것이 아니었다.

그런데 지금 정진이 하는 말은 여기서 조금 벗어나 있었다. 소유권이 원 소유자에게서 정진에게로 넘어왔기 때문이다.

하지만 여기서 또 문제가 있는 것이, 그것을 증명해 줄 존재들이 이젠 세상에 존재하지 않았다.

소유권을 넘겨받았지만, 그것을 증명할 수 없게 된 것이다.

그런 상황이니 정부에서 억지를 부린다면 정진이나 클랜

에서는 무작정 우길 수만도 없는 난감한 상황이 될 것이다.

"그렇습니다. 그곳은 제 허락이 없이는 어느 누구도 출입을 할 수가 없습니다."

정진은 이정진이 무슨 이유에서 그런 질문을 한 것인지 짐작하고, 그가 궁금해 하는 것에 정확히 대답해 주었다.

"그렇다면 문제가 될 것도 없지 않습니까?"

이야기를 듣고 있던 김지웅은 무엇 때문에 비밀스럽게 회의를 하는 것인지 이해할 수 없다는 듯이 말했다.

"그런 문제가 아니다. 세상에는 우리처럼 단순하게 생각하지 않는 사람들이 많다. 게다가 우리의 발전을 그리 달갑지 않게 생각하는 사람과 단체도 수두룩하다."

이정진은 김지웅의 말에 설명을 덧붙였다.

사실 아닌 게 아니라, 아케인 클랜의 급속한 확장에 경계를 하는 이들은 아주 많다. 정진과 악연이 있는 노태 그룹을 필두로, 비록 지금은 협력을 하고 있지만 다른 중대형 헌터 클랜들도 기회만 된다면 아케인 클랜을 찍어 누르기 위해 기회를 엿보고 있었다.

"아카데미를 활용하면 헌터들의 수준을 지금보다 더 높일 수 있습니다."

"그거야 지금도 마법진을 이용해서 하고 있지 않은가."

조용히 있던 현성이 말했다.

지금도 아케인 클랜의 헌터들은 마나 집접진과 아케인 스톤을 이용해 마력을 높이고, 또 꿈속에서 각자 적성에 맞는 무술을 익히고 있었다.

그로 인해 아케인 클랜의 헌터들은 여타 클랜의 헌터들에 비해 평균적으로 2등급 이상의 차이를 보이고 있었다.

"그렇긴 하지만 아카데미에서 수련을 하는 것은 현재 아케인 쉘터에서 수련을 하는 것보다 몇 배나 더 효율이 좋습니다."

"뭐? 그게 사실이야?"

김지웅은 너무 놀라 순간 반말이 튀어나왔다.

하지만 그런 김지웅을 나무라는 소리는 어디에서도 들리지 않았다. 아니, 이 자리에 있는 어느 누구도 지웅이 정진에게 반말을 하는 것을 느끼지 못했다. 그만큼 모두의 충격이 컸던 것이다.

"형님, 저를 처음 보셨을 때 제가 어떠했는지 아시지요?"

정진은 입가에 미소를 지으며 이정진을 보며 물었다.

"그때… 노태 그룹의 계열사였던 노태 클랜에서 실시하는 흰머리 산 던전 탐사에 일꾼으로 있었지."

이정진은 정진을 처음 만났을 때를 회상하며 말을 했다.

"그때 제가 어떠했습니까?"

정진은 담담한 표정으로 다시 한 번 물어보았다.

이정진은 그런 정진의 질문에 고개를 갸웃하면서 조심스럽게 대답했다.

"아무런 능력도 가지고 있지 않았다."

"그렇지요."

이정진의 대답에 정진은 짧게 대답을 하며 다시 말을 이었다.

"그럼 제가 흰머리 산 던전 탐사에서 실종이 된 뒤, 다시 만났을 때는 어떠했습니까?"

"다시 만났을 때는 탐사대가 뉴 서울로 복귀를 하던 때였지. 복귀를 하던 탐사대는 몬스터의 습격을 받아 뿔뿔이 흩어지고, 나만 홀로 남겨진 채로 영원의 숲 서쪽에 자리 잡고 있던 블러드 고블린에게 습격을 받고 있었지."

이정진은 당시 자신이 블러드 고블린의 습격을 받았던 때의 일을 회상하며 말했다.

블러드 고블린이라는 말에 간부들은 잠시 진저리를 쳤다.

영원의 숲에 있는 트롤, 오거도 무섭지 않은 아케인 클랜의 간부들조차 두려워하는 몬스터가 있었다.

그것이 바로 영원의 숲 서쪽에 자리 잡고 있는 블러드 고블린이었다. 블러드 고블린은 일반 고블린에 비해 전투력도 높고 재생력도 뛰어났지만, 진짜 무서운 점은 그런 것이 아니었다.

블러드 고블린이 두려운 가장 큰 이유는 바로 그것들의 독 제조술이었다.

어떻게 습득한 능력인지는 아무도 모르지만, 그놈들은 모두 독 제조의 대가들이었다.

그것도 재생력이 뛰어난 트롤이나 중형 몬스터 중 상위에 속하는 오거조차 감당하지 못하는 극독을 만드는 놈들이었다.

그런 블러드 고블린의 가장 무서운 점은, 그런 극독을 가지고 있으면서도 일반 고블린처럼 집단 사냥을 한다는 것이었다.

객체로서도 오크에 준하는 전투력을 가지고 있으면서 오거도 두려워하는 극독을 만들고, 또 집단 사냥을 하니, 두려운 존재가 아닐 수 없었다. 그렇기에 몬스터의 천국인 영원의 숲에서도 한 지역을 점검하고 자리를 잡고 있는 것이었다.

"두 마리까진 어찌 막아 냈지만, 그놈들의 독에 당해 죽을 위기였지."

"그런 일이 있었습니까?"

간부 중 한 명이 이정진의 이야기를 듣고 놀라며 물었다.

"다행히 여기 클랜장을 만나 위기를 모면하고 목숨도 건

졌지."

"아……."

이정진의 말이 끝나기 무섭게 여기저기서 감탄의 신음과 존경의 눈빛이 쏟아졌다.

"으흠, 그럼 그 시기가 정확하게 제가 사라진 시점에서 얼마나 지났던 것입니까?"

다시 한 번 정진의 질문을 받은 이정진은 이미 정진의 의도를 파악하고 있었기 때문에 미소를 지으며 대답을 했다.

"그게 아마도 클랜장이 사라지고 한 달이 조금 안 되었을 때지."

"그 뒤로 팀을 구성하고 몬스터 사냥을 했지요."

"그랬지, 그리고 얼마 뒤에는 다크 헌터들의 습격도 받았고, 당시 다크 헌터가 운용하는 아머드 기어 다섯 기의 습격도 받았지."

정진이 이야기를 이어받자 그 뒤를 이어 김지웅도 당시 벌어졌던 사건들을 하나하나 열거하며 정진의 활약을 간부들에게 들려주었다.

"그럼 제가 어떻게 그 짧은 시간에 그런 능력을 가질 수 있었을까요?"

정진은 화기애애한 분위기 속에서 정색을 하며 물었다.

"어……."

과거에 대해 얘기하던 것을 별 생각 없이 경청하던 간부들은 순간 머릿속이 번쩍하는 것을 느꼈다.

'어떻게?'

간부들의 머릿속에 공통적인 의문이 떠올랐다.

정말로 어떻게 그 짧은 기간에 그런 능력을 가질 수 있었을까. 이런 불가사의한 능력을 가진 정진의 비밀이 오늘 주제인 아케인 아카데미란 사실을 깨닫게 된 간부들은 곧 눈빛이 달라졌다.

"현재 클랜에서 사용 중인 마법진의 효율은 1:4로 시간당 네 배의 효율을 보이지만, 아카데미의 마법진은 1:100의 효율을 가진 마법진입니다. 물론 마나 집접진의 효율도 지금의 것보다 배는 더 뛰어난 고효율입니다. 어떻게 하시겠습니까?"

정진은 간부들을 둘러보며 말했다. 그들의 표정은 하나같이 놀라움을 금치 못하는 표정이었다.

"그렇다면 당연히 비밀에 붙이고, 클랜의 정예가 먼저 그곳을 이용하게 하는 것이 좋겠습니다."

"맞습니다. 클랜장님께 소유권이 있는 것이라면 굳이 외부에 알리지 말고 클랜에서 독점을 하는 것이 맞다고 생각합니다."

여기저기서 클랜에서 독점을 하자는 의견이 나왔다.

하지만 정진은 이 문제에 대해 다시 신중하게 생각을 했다.

처음엔 자신도 그렇게 생각했지만, 지금은 생각이 조금 바뀌었다.

간부들이 이렇게까지 열광을 할 줄은 몰랐던 것이다.

간부들마저 이런 반응인데, 만약 다른 곳에서 아카데미의 비밀을 알게 된다면 분명 문제가 발생하게 될 것이다.

물론 그렇다고 아케인 아카데미가 어떻게 되는 것은 아니지만, 뒷말이 많아진다면 현재 발전하고 있는 클랜에 좋지 않은 영향이 미칠 것이 분명했다.

그러니 자신은 어떻게 해서든 그것을 막기 위해 최선을 다해야 한다. 물론 지금 당장은 클랜 자체에서 활용해야 했다.

"그럼 일단 아카데미는 클랜에서 활용하는 것으로 하고, 누구를 먼저 선발할 것인지 말해보세요."

한 가지 안건이 마무리되자, 다음은 누구를 먼저 아카데미의 혜택을 받게 할 것인지 논의가 이어졌다.

"우선 간부들이 먼저 들어가는 것이 어떻겠습니까?"

실력 향상에 목을 매는 이들 중 한 명인 강진성이 가장 먼저 의견을 냈다. 그는 다른 사람들보다 먼저 들어가 체험을 하고 싶은 마음을 숨길 수 없었다.

그리고 그건 다른 간부들 또한 마찬가지였다.

"물론 간부도 들어가야 하긴 하겠지만, 현재로선 그곳에 가 봤자 큰 효과를 보긴 힘들 겁니다."

"네? 그건 무슨 말씀이십니까?"

그렇게 효율에서 차이가 나면 충분히 간부들도 효과를 볼 수 있을 것 같은데, 그렇지 않다는 정진의 말에 강진성은 의아한 표정으로 질문했다.

"이사님들 몇 분을 제외하고 이 자리에 있는 간부들의 실력은 4~5급일 겁니다."

"예, 그렇습니다."

"그 정도면 아케인 제국 시절을 기준으로 실력을 평가한다면 유저 최상급에서 익스퍼트 초급 정도의 경지입니다."

가드는 유저, 익스퍼트, 마스터 이렇게 3단계가 있고, 세부적으로는 그 안에도 상, 중, 하 그리고 상 위에 최상급까지 4단계로 분류를 하는데, 현재 헌터 등급 기준으로 5급은 유저 최상급에 해당하고, 4급은 하급 익스퍼트에 해당된다.

사실 최상급 유저나 하급 익스퍼트의 기준은 몸 안에 있는 마나를 가공한 마력을 무기에 담을 수 있는가와, 그것을 안정적으로 유지할 수 있는가 하는 차이에서 등급이 나뉜다.

아케인 클랜의 간부들도 일부는 매우 안정적으로 마력을 담을 수 있고, 다른 일부는 조금 무리를 하기만 하면 마력을 담을 수 있었다.

무기가 매직 웨폰이 아닌 일반 무기더라도 마력을 담을 수 있으면 매직 웨폰에 버금가는 위력을 나타낼 수 있다.

현재 이정진이나 강현성 등 아케인 클랜의 지도부에 있는 간부들은 마력의 반출이 원활해 매직 웨폰이 아닌 일반 무기를 사용하고 있었다.

굳이 매직 웨폰을 유지하기 위해 마력을 소비하지 않고 순수 마력으로 무기를 강화하는 방법이 더 효과적이기 때문이다.

즉, 매직 웨폰은 능력이 되지 않을 때 그 효용 가치가 높은 것이지, 일정 수준을 넘어선 헌터에게는 굳이 필요하지 않았다.

그러니 클랜 전체의 효율성을 생각한다면 아직 매직 웨폰이 필요한 수준의 헌터들이 먼저 수련을 통해 그것이 필요 없게 되는 수준까지 도달하는 것이 더 도움이 되었다.

정진은 이 점을 간부들에게 설명했다.

"클랜장님의 말씀은… 아직 기초가 잡히지 않은 헌터를 대상으로 뽑자는 말씀이십니까? 매직 웨폰 때문에요?"

정진의 이야기를 듣던 진한은 고개를 갸웃거리다 자신이

이해한 것이 맞는지 질문을 했다.

"예."

진한과 정진의 대화에 정한이 반대 의견을 냈다.

"그건 안 될 말입니다."

"무엇 때문에 안 된다는 말씀이시죠?"

"효과와 효율만 본다면 클랜장님의 말씀이 가장 좋겠지만, 그렇게 하면 형평성에 문제가 생깁니다."

"형평성이요?"

정진은 물론이고 간부들도 정한의 말에 관심을 보였다.

"예, 형평성입니다."

"말씀해 보세요. 어떤 문제가 발생하는지."

정진은 모든 간부가 관심을 표하자 정한의 의견을 제대로 듣기 위해 추가적인 설명을 요구했다.

그러자 정한은 자리에서 일어나 자신의 의견을 말했다.

"그동안 클랜에서 마나 집접진이나 아케인 스톤을 이용하기 위해선 소속 헌터들에게 일정 이상의 공헌을 하도록 했습니다."

정한의 이야기에 듣고 있는 간부들의 고개가 끄덕여졌다.

이들도 일정 조건이 완료되었을 때가 되서야 클랜장인 정진과 핵심 간부들의 승인 하에 마나 집접진이나 아케인 스톤의 혜택을 받았다.

"그런데 지금보다 훨씬 기능이 업그레이드 된 것을 효과가 좋다는 이유로 클랜에 공헌이 미비한 이들에게 먼저 개방을 한다면, 기존의 헌터들에게 상대적 박탈감을 느끼게 할 수 있습니다."

여기저기서 고개를 끄덕이기 시작했다.

아닌 말로 이 자리에 있는 간부들부터 자신들이 아카데미의 마법진과 아케인 스톤의 혜택을 보지 못하는 것에 약간의 불만을 가지고 있는데, 다른 헌터들은 어떻겠는가. 이는 두말하면 잔소리나 마찬가지다.

정한의 이야기가 끝나자 정진도 타당하다고 생각했는지 이에 수긍했다.

"좋은 의견 감사합니다. 제가 그런 문제를 인식하지 못할 수 있기에 이렇게 여러 간부들의 의견을 듣기 위해 이 회의를 하는 것입니다. 또 다른 의견 있으십니까?"

정진이 정한에게서 시선을 떼고 다시 장내를 살폈다.

"제가 한 말씀 드리겠습니다."

"예, 말씀 하십시오."

이번엔 이정진이 발언을 요청했다.

"어차피 순서야 어떻게 되었든, 저희 아케인 클랜에 소속된 헌터는 모두 그곳을 한 번 이상은 다녀와야 할 것이라고 생각합니다. 그렇지 않습니까?"

"예, 그렇습니다. 1년에 한 차례 이상은 모두가 그곳을 이용할 수 있게 할 것입니다."

정진은 부클랜장인 이정진의 질문에 자신의 생각을 말했다.

"그렇다면 이렇게 하는 것이 어떻습니까?"

이정진은 처음 정진에게서 아케인 아카데미에 대한 이야기를 듣고, 아카데미의 기능에 대한 설명도 들었기에 회의가 있기 전부터 여러 가지를 생각했다.

그렇게 고민하던 그가 생각해 낸 것은 헌터를 일괄적으로 수용해 가르치는 것이 아니라, 수준별로 단계를 나눠 수용을 한다면 헌터들의 불만이 줄어들지 않을까 하는 생각이었다.

이러한 생각을 설명하자 조금 전 정한이 이야기 했을 때처럼 많은 간부들이 이정진의 생각에 동조했다.

"그런 방법도 있군요. 좋은 의견 감사합니다."

"저기……."

이정진의 말이 끝나자 다른 사람의 의견을 더 물어보려고 할 때, 한쪽에서 작은 목소리가 들렸다.

"네, 최선옥 과장. 말씀해 보세요."

아케인 클랜의 간부 중 유일한 여자인 최선옥 과장이 손을 들고 말을 했다.

"저는 클랜장님께서 발견한 아카데미에 관한 이야기가 아니라, 현재 클랜에서 사용하고 있는 마나 집접진과 아케인 스톤의 활용 방안에 관한 이야기를 하려고 합니다."

"기존의 마나 집접진과 아케인 스톤의 활용 방안이요?"

정진은 아카데미의 마법진과 아케인 스톤의 활용에 관한 안건을 이야기 하는 중인데, 굳이 이젠 효율도 좋지 않은 기존의 마법진과 아케인 스톤의 활용에 관한 이야기를 하겠다고 하니 의아한 생각이 들었다.

"굳이 효율도 좋지 못한 그것을 사용할 필요가 있나요?"

그런 정진의 물음에 이미 그런 질문이 나올 것이라고 생각하고 있었던 것인지, 최선옥 과장은 바로 대답했다.

"효율이 떨어진다고 굳이 그것을 사용하지 않을 이유가 없다고 생각합니다. 그냥 수련을 하는 것 보다는 마나 집접진 위에서 수련을 하는 것이 더 효과가 좋고, 또 언젠가는 저희 클랜에서 마나 집접진과 아케인 스톤을 이용한다는 비밀은 알려지게 될 겁니다."

"음."

정진도 생각하고 있던 일이다.

언젠가는 아케인 클랜이 단기간에 강력한 집단으로 변모한 비밀이 드러나게 될 것이라 생각했다.

다만 알려지는 것은 조금만 더 시간이 지난 뒤였으면 하는 바람만 가지고 있었다.

옛말에 두 사람만 알아도 그것은 비밀이 아니라고 하지 않는가. 그런데 현재 아케인 클랜은 수많은 소속 헌터들의 전투력을 높이기 위해 마나 집접진과 아케인 스톤을 이용해 교육을 시키고 수련을 하고 있으니, 이러한 비밀이 언제까지 유지될지는 아무도 모를 일이다.

기적적으로 아직까진 소속 헌터들이 비밀을 잘 지켜주고 있지만, 언제 외부에 알려질지 모른다.

막말로 술 먹고 취하기라도 해서 비밀을 발설할 수도 있지 않은가.

"그래서 어떻게 했으면 한다는 거죠?"

"네, 이젠 저희 클랜도 대한민국 3대 클랜이란 명성에 맞는 규모나 전력을 가졌습니다. 그러니 클랜이 성장한 원동력인 마나 집접진과 아케인 스톤에 대해 외부에 알려진다고 해도 그리 문제가 되지 않을 것이라 사료됩니다."

"그렇게 생각하는 근거가 있나요?"

구체적인 방안은 나오지 않았지만, 정진은 최선옥 과장이 그런 이야기를 하는 것에 흥미를 느끼고 이유를 물었다.

"예, 우선 가장 먼저 조금 전에 언급한 대로, 저희 아케인 클랜의 전력이 3대 클랜이라 불리기 부족하지 않을 정도로 성장을 했습니다. 그리고 같은 3대 클랜인 엠페러나 백화 클랜과도 돈독한 관계를 맺고 있지요."

최선옥은 차분하게 자신이 생각한 것을 차근차근 설명을 했다.

"최선옥 과장의 말에 일부 동조를 하지만, 만약 공개되더라도 마나 집접진은 모르겠지만 아케인 스톤은 공개하지 않는 것이 좋을 것 같습니다."

최선옥 과장의 발언이 끝나기 무섭게 이정진이 최선옥 과장의 말에 반박을 하며 말을 이었다.

"마나 집접진이야 아케인 쉘터를 공개하면서 이미 공개한 것이니 상관이 없습니다. 하지만 아케인 스톤으로 시간을 늘려 사용할 수 있다는 것이 알려진다면 분명 우리 아케인 클랜을 견제하려는 이들이 더 많이 나올 수 있습니다. 그리고 엠페러나 백화도 그 사실을 알게 된다면 지금과는 다른 생각을 할 수도 있습니다."

"음……."

이정진의 이야기를 듣고 정진도 뒷목이 서늘해지는 느낌을 받았다.

아케인 아카데미를 찾고 자신이 만든 마나 집접진이나 아케인 스톤의 효율보다 더 좋은 것을 찾았기에 좋은 방향으로만 생각했는데, 이정진의 말을 들으니 자신이 너무 안일하게 생각하고 있었다는 것을 깨달았다.

확실히 마나 집접진은 이미 공개된 것이니 문제가 되지 않겠지만 아케인 스톤은 달랐다.

만약 아케인 스톤의 비밀이 알려지게 되면 어떤 반응이 나올지 알 수 없었다.

이정진의 말처럼 자신들을 적대하려는 이들도 있을 것이고, 자신들을 이용하려고 하는 이들도 나올 것이다.

"그건 그리 문제될 것이 없다고 생각합니다."

한참 고민을 하고 있는데, 최선옥 과장이 다시 의견을 냈다.

"그게 무슨 말이죠?"

모든 사람들의 시선이 그녀에게로 쏠렸다. 하지만 그녀는 전혀 당황하지 않고 자신의 생각을 말했다.

"부클랜장님의 말씀도 맞는 말씀이지만, 그것은 저희가 어떻게 그 비밀을 공개하느냐에 따른 문제라 생각됩니다."

"어떻게… 말입니까?"

"네, 제 생각에는 저희 아케인 클랜에서 헌터 양성기관을 만들면 해결이 될 것이라 사료됩니다."

"헌터 양성기관이요? 지금 헌터 학원을 만들자, 그 말씀입니까?"

정진은 최선옥이 헌터 양성기관을 언급하자 눈이 번쩍 뜨였다.

전혀 생각지 못한 말이었기 때문이다. 하지만 최선옥이 무엇 때문에 헌터 양성기관을 만들자고 한 것인지는 금방 깨달았다.

헌터 양성기관이라는 것은 클랜원이 아닌 모두에게 공개가 되는 것이다. 즉, 돈만 내면 누구나 와서 교육을 받을 수 있다는 말이다.

자신들도 돈만 내면 가르쳐 준다고 하는데, 그것을 가지고 뭐라 할 수 있겠는가. 그리고 솔직히 그것을 가지고 있다고 해서 굳이 공개해야 할 의무는 없는 것 아니겠는가. 자신들도 그런 것을 알고 있다면 비밀로 하고 자신들만 사용했을 테니, 늦게라도 공개를 한다고 하면 좋아할 것이 분명했고, 아케인 클랜이 그동안 독점하며 소속 헌터를 키운 것에 대해선 절대로 뭐라 하지 못할 것이 분명했다.

"그러면 되겠군요."

정진은 물론이고 다른 간부들도 최선옥 과장의 말에 수긍하였다.

"그럼 마나 집접진과 아케인 스톤의 문제는 그렇게 처리하는 것으로 하고, 아카데미에 보내는 인원 선발은 조금 전이정진 부클랜장님의 의견대로 단계를 나눠 수용하기로 하겠습니다."

짝짝짝!

정진이 아케인 아카데미의 활용 방안과 마나 집접진, 그리고 아케인 스톤의 활용에 대한 결론을 내리자 간부들이 일제히 박수를 쳤다.

"참, 아카데미의 활용 방안이 그렇게 정해졌으니, 간부들 중에서도 순서를 정해 아카데미로 들어가는 것으로 하겠습니다. 이정진 부클랜장님이 그 문제는 정리해 주시기 바랍니다."

정진은 회의의 종료를 알리며 이정진에게 뒷일을 맡기고는 밖으로 나갔다. 그와 동시에 간부들은 일제히 이정진에게 돌진했다. 자신이 먼저 아카데미로 들어가겠다며 몰려든 것이다.

회의가 끝나고 이정진과 간부들이 아카데미에 들어갈 대상들을 선별하고 있을 때, 정진은 타라칸의 둥지를 나와 백화 클랜의 쉘터로 향했다.

정진이 백화 클랜을 찾은 것은 바로 조금 전 회의 시간에 나온 마나 집접진의 활용법을 가지고 협상을 벌이기 위해서였다.

3대 클랜 중 그나마 자신들과 더 가까운 곳이 백화 클랜이고, 또 백화 클랜의 클랜장인 백장미와 친분이 있으니 엠페러 클랜 보다는 백화 클랜을 먼저 찾게 된 것이다.

†   †   †

웅성! 웅성!

백화 클랜의 뉴 어스 거점 중 두 번째인 백화 제2쉘터, 현재 이 제2쉘터는 한참 공사 중이었다.

이미 핵심인 마나 집접진이 쉘터 중앙 건물 지하에 설치되어 있기에 쉘터로서의 기능은 충분했지만, 헌터의 숙소나 아머드 기어의 주기장 등은 아직도 부족해 계속해서 건축 중이라 무척이나 부산스러웠다.

"잠시만! 거기 그렇게 말고, 여기 도면이 있잖아!"

백화 클랜의 클랜장인 백장미는 요즘 몬스터 사냥도 하지 않고 제2쉘터 공사를 마무리하기 위해 이곳에 매달려 있었다.

그리고 클랜장이 이곳 최전방에 나와 있으니, 백화 클랜의 간부들과 주요 전력들도 자연스레 이곳 제2쉘터에 포진해 있었다.

쉘터의 기능만 있고 아직 부대시설이 부족한 제2쉘터에 나와 고생하고 있지만, 간부들이나 백화 클랜의 헌터들은 전혀 불평을 하지 않았다.

그만큼 이곳에 나와 있는 이들이 백화 클랜의 정예이고 또 쉘터가 완성이 되면 바로 이곳이 이들의 터전이 될 것이란 것을 알기 때문이다.

대한민국 첫 번째 쉘터인 뉴 서울에서 멀어질수록 몬스터의 출몰이 많았고, 만약 사고가 나더라도 멀리 떨어져 있기에 신속한 지원을 받지 못하는 환경이라 정예들이 나와 있을 수밖에 없다.

"누나!"

"응?"

백장미는 한창 공사 현장을 지휘하다 말고 귀에 익숙한 목소리가 들리자 고개를 돌렸다.

"어? 정진이 네가 여긴 어쩐 일이야?"

백장미는 자신을 향해 걸어오는 정진을 향해 다가가더니, 냉큼 정진을 껴안고는 키스를 하였다.

쪽!

"누나가 보고 싶었구나?"

밝은 대낮에 갑자기 기습 키스를 하는 백장미의 행동에 잠시 움찔하던 정진은 어처구니없는 표정으로 그녀를 쳐다보았다.

"오홍, 내 입술이 좋았나 보네? 이젠 피하지도 않고."

다른 때 같으면 질색을 하고 피했을 정진이 자신의 키스에 아무런 반응을 하지 않는 것에 미소를 지으며 말을 하였다.

"아, 아니, 너무 놀라서 그렇지. 사람들도 많은데 이게 무슨 짓이야!"

"뭐? 그럼 사람이 없으면 해도 된다는 말이네?"

백장미는 마치 아저씨처럼 능글맞게 말했다.

그런 백장미의 말에 하도 어이가 없던 정진은 고개를 저으며 한숨을 쉬었다.

자신의 말에 고개를 흔드는 정진의 모습에 살짝 입술을 삐죽인 백장미는 표정을 풀며 물었다.

"그래, 마법진도 다 그려서 이젠 여기 볼일도 없을 텐데 어쩐 일이야? 정말로 날 보러 온 거야?"

"그런 것이 아니고, 이건 사실 웬만하면 안 알려주려고 했는데……."

정진은 말을 하다 말고 뜸을 들였다.

그런 정진의 반응에 백장미는 눈을 반짝이며 정진의 품으로 바짝 붙으며 물었다.

"뭔데? 뭔데 그렇게 뜸을 들이는 거야?"

백장미는 마치 들뜬 소녀처럼 정진의 팔을 붙들며 물었다.

"헐!"

그런 백장미의 모습에 주변에 있던 작업자나 백화 클랜의 헌터들은 모두 넋이 나간 표정으로 그녀를 쳐다보았다.

"누나, 잠시 안으로 들어가서 얘기하자!"

정진은 주변의 시선이 심상치 않자 얼른 자신의 팔을 붙잡고 있는 백장미를 떼어내며 말했다.

그런 정진의 말에 얼른 주변을 살핀 백장미는 그만 얼굴이 붉게 달아올랐다.

정진이 자신을 찾아온 것에 격앙되어 주변을 인식하지 못하고 달라붙었던 것에 몹시 당황한 것이다.

"아이, 진작 좀 말을 하지."

백장미는 자신의 잘못을 정진에게 덮어씌우며 냉큼 쉘터 본부 건물로 들어가 버렸다.

그런 백장미의 뒷모습을 본 정진도 얼른 그녀의 뒤를 따라들어 갔다.

†   †   †

"앉아."

쉘터의 본부 건물 내부 자신의 집무실로 들어온 백장미는 뒤따라 들어오는 정진을 향해 자리를 권했다.

털썩!

백장미의 말이 떨어지기 무섭게 정진은 사무실 한쪽에 있는 소파에 앉았다.

사무실 안에 있는 집기들은 모두 지구에서 만들어진 것을 공수해 온 것으로, 무척이나 편안한 착용감이 느껴졌다.

"좋네."

정진은 소파가 주는 편안한 느낌에 자신도 모르게 감탄사를 내뱉었다.

"당연히 좋지. 이태리 명장이 만든 건데."

백장미는 정진의 칭찬에 가볍게 으쓱이며 대답을 해줬다.

"그런데 정말로 어쩐 일이야? 요즘 뭘 찾는다고 하지 않았나?"

백장미는 정진이 이곳의 마나 집접진을 활성화시켜 주고 급히 떠나면서 한 말이 생각나 물었다.

"응, 그건 찾았어!"

"그래? 생각보다 일찍 찾았네? 좀 시간이 걸린다고 하지 않았나?"

이곳을 떠날 때 정진은 분명 자신이 찾는 것이 위치를 알 수 없기 때문에 시간이 걸릴 것이라고 했었다.

그런데 보름도 되지 않은 시간에 다시 자신을 찾아온 것이 의아했다.

"운이 좋았지."

"운이 좋았다? 정말로 넌 이 세상에서 가장 행운이 따르는 사람일 거야!"

너무도 간단한 정진의 대답에 백장미는 평소 자신이 생각하던 것을 말했다.

그런 백장미의 말에 정진도 잠시 그 말을 되새기다 미소를 지으며 대답했다.

"나도 그렇게 생각하고 있어. 그리고 오늘 누나를 찾아온 것도 내가 우연히 발견한 것을 누나에게 알려주기 위해서 찾아온 거야."

"응? 어떤 것을 발견했기에 날 찾아왔다는 거야?"

백장미는 평소와 다른 정진의 행동에 고개를 갸웃거렸다.

"이곳 지하에 설치한 마나 집접진의 새로운 사용 방법을 우연히 발견했거든."

"마니 집접진의 새로운 사용법?"

"그래."

"그게 뭔데?"

백장미는 별로 대수롭지 않게 생각하고 가볍게 물었다.

하지만 정진의 말이 시작되자 백장미의 눈은 더 이상 담담한 표정을 유지할 수 없었다.

"응, 마나 집접진이 어떤 역할을 하는 것인지는 전에 이야기했으니 잘 알 것이라고 봐. 그런데 마나 집접진으로 인해 주변에 마나가 모여들어 마나의 농도가 진해졌을 때 그 주변에서 수련을 하면 다른 곳에서 수련하는 것보다 효과가 뛰어나 등급을 빨리 올릴 수 있다는 것은 몰랐을 거야."

"뭐?! 그게 정말이야?"

백장미는 정진의 말에 너무 놀라 고함을 지르고 말았다.

덜컹!

쿵!

"무슨 일이야!"

백장미의 고함 소리가 끝나기 무섭게 사무실의 문이 열리며 이선화가 들어왔다.

백화 클랜의 부클랜장인 이선화는 아케인 클랜의 클랜장인 정진이 백장미를 찾아왔다는 말에 무슨 일인지 알아보기 위해 급히 백장미의 사무실을 찾아 왔다가, 사무실 안에서 들린 고함 소리에 놀라 곧바로 뛰어 들어온 것이다.

"아, 별일 아니에요."

"별일 아니라고? 별일 아닌데 장미가 그렇게 큰 소리로 고함을 질러?"

평소 정진의 행동을 그리 마음에 들지 않아 했던 이선화는 정진의 별일 아니란 말에 인상을 구기며 말을 했다.

친구인 백장미가 자신들보다 나이가 어린 정진에게 빠져 있는 모습과, 그런 친구를 애매모호한 태도로 대하는 정진이 마음에 들지 않았던 선화의 입에선 고운 말이 나올 수 없었다.

"선화야!"

"왜!"

"글쎄, 여기 지하에 설치한 마나 집접진이란 것에 또 다른 활용법이 있대!"

"그게 뭐?"

이선화는 기분이 좋지 않았기에 백장미의 말에도 별다른 표정 변화 없이 담담히 물었다.

"잘 들어봐. 마나 집접진의 또 다른 사용법이 바로 그곳에서 수련을 하면 더욱 빠르게 강해진다는 거라고!"

"뭐? 그게 정말이야?"

백장미가 말을 하는 동안에도 그녀를 쳐다보지 않고 정진을 노려보고 있던 이선화는 백장미의 말을 모두 듣고 놀라 그녀를 쳐다보며 물었다.

"그렇대. 나도 방금 전에 그 말을 듣고 너무 놀라 소리를 친 거야."

"아!"

이선화는 백장미의 말에 자신이 오해를 했다는 것을 깨닫고 얼굴이 붉어졌다.

"미, 미안해!"

이선화는 자신이 실수를 했다는 것을 깨닫고 정진에게 사과했다.

자신이 너무도 어처구니없는 오해를 한 것이 부끄러워 사과를 하면서 고개가 숙여졌다.

"아닙니다. 상황을 몰랐다면 오해를 할 수도 있죠."

정진은 이선화가 평소 자신을 어떻게 생각하는지 잘 알고 있었다.

하지만 별로 그런 것에 신경을 쓰지 않고 있었기에 그녀의 사과를 받아들였다.

"그렇다고 너무 많은 인원이 그곳에서 수련을 하게 되면, 쉘터 방어에 들어가는 마나가 부족해질 수 있으니 적당한 인원만 수련하는 것이 좋을 겁니다."

백장미와 있을 때와 다르게 정진은 이선화까지 있기에 조심스럽게 말했다.

사실 정진도 백장미와 있을 때는 괜찮지만, 이선화는 대하기가 무척이나 껄끄러웠다.

자신을 적대시하는 것에 신경을 쓰지 않으려 하지만, 그게 잘 되지 않았다.

"그럼 일단 알려줄 것은 다 알려줬으니, 난 이만 가볼게요."

정진은 이선화와 한자리에 있는 것이 거북해 얼른 자리에서 일어났다.

"아니, 금방 왔으면서 뭐가 바빠서 바로 가겠다는 거야?"

백장미는 정진이 가겠다는 말을 하자 섭섭한 마음에 물었다.

"백화 클랜에 알려줬으니 엠페러 클랜에도 이 사실을 알려줘야죠."

"흥! 자신들이 제일이라고 떠드는 놈들에게 뭐 좋으라고 그런 걸 공짜로 알려줘?"

백장미는 자신의 말에 핑계를 대며 자리에서 일어나는 정진을 보며 그렇게 말했다.

"하하하, 그래도 서로 돕기로 약속을 했잖아요. 그러니 도와야죠."

정진은 백장미를 살살 달랬다.

"그럼 전 이만 가볼게요."

"응, 오늘은 네가 일이 있다고 하니 그냥 보내지만, 다음에는 그냥 보내지 않을 거야."

"알았어요. 그럼 다음에 봐요. 이선화 부클랜장님, 그럼 안녕히 계십시오."

정진은 백장미에게 인사를 하고 이선화에게도 정중하게 인사를 한 뒤 자리를 떠났다.

사무실을 나가는 정진의 뒷모습을 물끄러미 쳐다보는 백장미의 두 눈은 작게 흔들렸다.

뭔가 할 말이 있었지만, 차마 하지 못하고 그냥 보내는 것이 안타까워 그러는 것이다.

정진과 벌써 몇 년째 제자리걸음을 하는 것이 너무 마음이 아팠다.

나이가 정진보다 많다 보니, 선뜻 자신 있게 사귀자 말을 못하고 가슴앓이를 하는 것이 너무도 힘들었다.

그리고 그런 친구를 보는 이선화도 정말이지 답답해 죽을 지경이었다.

Chapter 3
대한민국 헌터 르네상스

　대한민국 헌터계에 태풍이 몰아쳤다.

　한참 주가를 올리고 있는 아케인 클랜으로부터 전해진 소식으로 인해 대한민국에 자리한 헌터들은 모였다 하면 모두 하나같이 같은 이야기뿐이었다.

　헌터의 등급을 보다 빨리 올리는 방법이 있다는 이야기에 헌터들은 관심을 보이지 않을 수 없었다. 하지만 어디에나 반골이 있듯, 그 소문에 부정적으로 반응을 하는 사람도 있었다.

　그런데 그렇게 부정을 하던 이들도 아케인 클랜을 찾아가 진실을 알고 나선 아케인 클랜의 신봉자가 되었다.

　아케인 클랜은 소문이 퍼지자 바로 소문에 대한 진실을

밝히는 한편, 자체적으로 헌터를 양성하던 것에서 확대를 하여 모두에게 개방했다.

일정 금액만 가져오면 누구에게나 아케인 클랜의 헌터들이 받는 헌터 교육을 시켜주겠다고 한 것이다.

이미 오래전부터 아케인 클랜 소속의 헌터들이 단시일에 실력을 높여 헌터 라이선스를 갱신하고 있다는 것은 널리 알려진 사실이다.

그러니 아케인 클랜의 헌터 양성소가 개방을 한다고 하자 호기심이건, 아니면 뜻을 품은 헌터들이건 모두 아케인 클랜으로 몰려들었다.

그런데 아케인 클랜에서 헌터 양성소를 개방한 데 이어 다른 3대 클랜에 속하는 엠페러 클랜과 백화 클랜에서도 헌터 양성소를 개방한다는 발표를 했다.

더욱이 이들도 신속하게 헌터의 전투력을 향상시키는 비밀을 알아냈으며, 그것을 토대로 교육을 한다고 발표한 것이다.

이 때문에 헌터들 사이에서 어느 클랜이 실시하는 헌터 양성소에 가야 하나 하는 인쟁이 있기는 했지만 그런 소동도 잠시, 각자 자신이 원하는 양성소로 달려가 접수를 하였다.

대한민국 3대 클랜이라 불리는 이들이기에 어차피 비슷

한 내용을 가지고 교육을 할 것이란 판단에 헌터들도 별다른 고민을 하지 않고 각자 자신들이 원하는 곳으로 간 것이다.

✝   ✝   ✝

아케인 빌딩 앞은 아케인 클랜의 헌터 양성소에 입소를 하기 위해 몰려든 사람들로 인산인해를 이루고 있었다.

"밀지 마!"

"여긴 내 자리야!"

"야! 이 새끼들아! 네 자리 내 자리가 어디 있어!"

아케인 빌딩 앞 공터에는 먼저 접수를 하기 위해 밀고 밀리며 아수라장이 따로 없었다.

"줄을 서세요. 이렇게 혼잡하면 접수를 받을 수가 없습니다."

"저기요, 그냥 빨리 접수합시다."

일부 아케인 클랜의 사무직 직원이 나와서 어떻게든 질서를 유지하려고 하지만, 이미 흥분한 사람들을 진정시키기에는 역부족이었다.

더욱이 여기 이 자리에 모인 사람들은 일반인도 아니고 마정석으로 인해 몸에 마력을 가지고 있는 헌터이지 않은

가. 아무리 낮은 등급의 헌터라 해도 일반인에 비해 신체적으로 월등한 능력을 가지고 있었다.

그러니 사무직 직원으로는 이들을 통제하기는 불가능했다.

"뭐가 이리 복잡한 거야?"

한참 아케인 클랜의 사무직 직원들이 중구난방으로 떠드는 헌터들 때문에 곤란을 겪고 있을 때, 일단의 사람들이 아케인 빌딩으로 들어왔다.

그들은 모두 아케인 클랜의 엠블럼이 그려진 매직 아머를 착용하고 있었기에 자리에 모인 헌터들은 그들의 모습이 보이자 한쪽으로 길을 열어주었다.

"아케인 클랜의 헌터들이다. 길 좀 열어줘!"

아케인 클랜의 헌터들이 지나갈 때마다 주변에서 그들을 알아보고 소리를 질렀다.

그럴 때면 떠들던 사람들도 얼른 옆으로 비켜나며 아케인 클랜의 헌터들이 지나갈 수 있도록 자리를 내줬다.

척!

헌터들 속을 헤치고 아케인 빌딩 현관 앞에 도착한 강진성은 뒤를 돌아 운집한 헌터들을 보며 소리쳤다.

"여기가 시장 바닥이야?! 줄 서!"

우렁찬 진성의 고함에 장내가 한순간 조용해졌다.

진성의 고함 소리에는 뭔가 흉폭한 몬스터의 하울링 같은 힘이 담겨 있어, 그 말을 듣지 않으면 뭔가 사단이 일어날 듯한 느낌이 있어 헌터들도 움찔하며 조용해질 수밖에 없었다.

"내 말이 말 같지 않나?! 줄을 서야 진행이 빨라질 것 아냐!"

다시 한 번 줄을 서라고 고함을 지른 강진성은 부리부리한 눈으로 주변을 살폈다.

그런 강진성의 강압적인 모습에 주눅이 든 헌터들이 조금씩 움직이며 줄을 서기 시작했다.

사실 줄이고 뭐고 빽빽하니 몰려 있어 조금만 움직이면 줄이 만들어졌다.

빌딩 앞 공터에 헌터들이 줄을 서자, 강진성은 그제야 자신을 소개하며 일을 진행했다.

"난 아케인 클랜의 상무인 강진성이라고 한다."

강진성이 자신의 정체를 밝히자 여기저기서 헌터들의 떠드는 소리가 들렸지만, 강진성은 그런 소음을 무시하고 계속해서 말을 이었다.

"오늘 이 자리에 모인 사람들은 내가 설명을 하지 않아도 무엇 때문에 이런 일이 벌어진 것인지 잘 알 것이다."

사람들은 강진성의 말에 아무런 대답도 하지 않고 조용히 듣기만 했다.

"다들 알고 왔겠지만, 우선 우리 아케인 클랜에서 헌터 양성소를 운영하기로 했다. 이는 기존의 클랜원만 교육을 시키던 것을 탈피해 클랜에 가입하지 않은 헌터도 받기로 한 것이다."

이미 알고 있는 이야기였지만 강진성이 자신들이 들은 소문을 확인시켜 주자 헌터들이 웅성거리기 시작했다.

"거 봐! 내가 맞다 했잖아!"

"그러게, 설마 그런 비밀을 공개할 줄 누가 알았겠어?"

"조용! 아직 내 말 안 끝났다."

점점 사람들의 목소리가 커지려 하자 강진성은 얼른 끼어들어 소란을 잠재웠다.

"우선 1차로 100명의 헌터를 받기로 했다."

"아니, 여기 모인 사람만 500여 명이나 되는데, 100명만 받겠다니요?"

강진성의 말이 끝나기 무섭게 여기저기서 반발을 보이기 시작했다.

하지만 3급 헌터에 오른 강진성이었다.

솔직히 그 혼자서도 이 자리에 있는 헌터들 모두를 상대할 수 있을 정도로 이 자리에 모인 헌터와 강진성의 전투력은 확연하게 차이가 났다.

더욱이 강진성은 혹시나 폭력 사태가 벌어질 수도 있다는 생각에 몬스터 헌팅을 나갈 때나 입는 매직 아머까지 갖추고 나왔으며, 그 혼자만 그런 무장을 한 것이 아니라 조금 전 강진성을 따라와 그의 뒤에 서 있는 헌터들 모두 완전무장을 하고 있었다.

아무리 500여 명의 헌터가 모여 있다고 해도 완전무장을 하고 있는 강진성과 아케인 클랜의 헌터 10여 명을 뚫고 난동을 부릴 수는 없을 것이다.

"조용! 우리가 너희들이 원한다고 하면 무조건 그 말을 수용해 줘야 할 의무가 있나?"

조금 전 소란이 일어난 곳을 향해 강진성이 눈을 부라리며 소리쳤다.

그런 강진성의 모습에 조금 전 불만을 토했던 헌터는 조용히 입을 다물었다.

사실 아케인 클랜이 헌터 양성소에 몇 명을 받건 그건 전적으로 아케인 클랜의 재량이다.

더욱이 헌터 교육 비용이라고 해서 받는 것은 정말로 얼마 되지 않는 금액이었다.

헌터가 되기 위해 헌터 교습소에 내는 비용과 동일한 금액만 받고 아케인 클랜의 노하우를 가르쳐 주는 것이니, 헌터 입장에서는 엄청 수지맞는 일이다.

그렇기에 이렇게 많은 인원이 아침 일찍 운집한 것 아니겠는가. 때문에 강진성의 말에 더 이상 반발하는 헌터는 없었다.

"교육 기간은 1주일이다. 100명을 한 개의 기수로 편성해서 교육을 시킬 것이다. 그러니 오늘 선발이 되지 못했더라도 접수한 순서대로 다음 기수에 편성될 것이니, 그렇게 조급하게 생각하지 않아도 될 것이다."

강진성이 할 말을 끝내고 막 빌딩 안으로 들어가려던 때, 누군가 그를 불렀다.

"상무님! 질문이 있습니다."

강진성은 막 들어가려던 것을 멈추고 소리가 들린 곳을 보았다.

"그래, 무슨 질문이지?"

그가 보는 곳에는 이제 막 20대에 접어든 어린 사내가 서 있었다.

"일반 헌터 교습소도 한 달은 교육을 하는데, 1주일만으로 정말로 등급을 올릴 수 있습니까?"

방금 사내가 진성에게 물어본 것은 바로 이 자리에 모인 헌터들이 그에게 물어보고 싶은 내용이었다.

그렇기에 사내의 질문이 끝나자 모든 헌터들의 시선이 진성을 향해 반짝였다.

강진성은 자신을 향해 반짝반짝 눈을 빛내고 있는 헌터들을 보고 잠시 뜸을 들였다.

그리고 이들의 시선이 최고조에 이르렀을 때 말을 하였다.

"의심하지 마라! 우리 아케인 클랜은 절대로 거짓을 말하지 않는다. 우리 아케인 클랜의 헌터 양성소에서 너희에게 가르치는 것은 클랜 소속 헌터들이 배우는 것과 동일한 것이다. 다만 그 기간이 클랜원에 비해 짧은 것뿐이다."

강진성은 그렇게 헌터들이 궁금해 하는 것에 대한 것을 답변하고 빌딩 안으로 들어갔다.

"아케인 클랜의 헌터와 같은 프로그램을 교육한다고? 대박!"

"저 말이 사실일까?"

"야! 그래도 상무가 직접 말을 한 것이니 거짓은 아니겠지."

"하하 순진하긴, 넌 저 말을 믿냐? 분명 뭔가 다른 것이 있겠지."

강진성이 안으로 들어가고 남은 헌터들은 저들끼리 모여 떠들기 시작했다.

어떤 이는 강진성의 말에 환호를 하고, 또 어떤 이들은 진성의 말을 믿지 못하지만 미련이 남아 자리를 떠나지 못하고 있었다.

"자, 오른쪽 줄부터 입장해서 복도 안에 설치된 화살표 대로 따라가 접수를 하기 바랍니다."

소란을 막기 위해 대기하고 있던 아케인 클랜의 헌터가 가장 오른 쪽에 있는 열부터 입장을 시켰다.

줄을 섰던 헌터들이 입장을 시작하자 그쪽 줄에 서지 못했던 사람들이 슬그머니 자신의 자리를 벗어나 줄에 합류하려 하였지만, 감시를 하고 있던 아케인 클랜의 헌터에게 막혀 가장 뒤로 밀려났다.

"거기, 왜 자리를 이탈하는 거야? 저쪽으로 빠져!"

"아니, 여기가 제 자립니다."

"부정한 짓을 했으니 저 끝으로 가! 만약 지시를 따르지 않으면 아예 접수를 하지 못하게 해주마!"

새치기를 하려던 사람과 줄을 세우던 헌터 간의 실랑이가 있었지만 현재 갑의 위치에 있는 것은 아케인 클랜이었기에, 헌터의 마지막 협박을 들은 그 사람은 고개를 숙이며 가장 끝자리로 갈 수밖에 없었다.

조금 전 입장하는 줄의 끝에 몰래 새치기를 하려던 사람들은 일제히 줄의 맨 왼쪽으로 옮겨갔다.

조금이라도 늦으면 새치기를 하던 다른 사람들보다도 늦을 수 있기 때문이었다.

한차례 소동이 끝난 후에는 아케인 클랜 소속 헌터들의 협박이 있어서 그런지 더 이상 새치기를 하려는 사람들은 없어졌다.

괜히 새치기를 하다 걸리면 가장 뒤로 밀려나게 된다는 사실을 알게 되었기 때문이다.

그리고 이러한 소동은 비단 아케인 클랜의 빌딩 앞에서만 그런 것이 아니었다.

아케인 클랜과 동시에 헌터 양성소를 오픈한 엠페러 클랜이나 백화 클랜의 빌딩 앞도 아케인 빌딩 앞과 같은 상황이었다.

아니, 두 클랜은 아케인 클랜보다 규모가 훨씬 컸기에 몰려든 사람도 더 많아 무척이나 혼잡했다.

✝   ✝   ✝

아케인 클랜의 헌터 양성소에서 접수가 끝나자 접수 번호 1번~100번까지 1차로 교육에 들어갔다.

접수 당일부터 교육이 시작된 것이다.

처음 이런 사실을 통보받은 사람들은 이런 이야기를 듣자 무척이나 당황했다.

그도 그럴 것이, 아무런 준비도 하지 않고 그저 접수일이라 무턱대고 찾아와 접수를 한 것인데, 오늘부터 교육에 들어간다니 너무도 황당했다.

"저흰 아무런 준비도 하지 못했는데요?"

교육생 한 명이 마지못해 자신의 상황에 대해 질문을 하였다.

"아케인 클랜의 교육에 준비물은 전혀 필요 없다."

강진성은 질문에 대해 간단하게 답변했다.

"너희는 저 방에 마련되어 있는 캡슐에 들어가 지시에 따르면 된다."

강진성이 가리킨 곳을 바라보던 사람들의 눈에 마치 관처럼 생긴 직사각형의 캡슐이 놓여 있는 것이 보였다.

"저게 뭡니까?"

조금 전에 질문을 했던 수련생이 다시 용기를 내며 물었다.

"너희도 미국에서 개발된 가상현실 기기는 들어봤겠지?"

미국에서 개발된 가상현실 기기는 주로 군대의 훈련에 사용되는 것으로, 군대가 실전 훈련을 하려면 막대한 예산이 들기 때문에 실전이 아닌 가상현실, 즉 게임처럼 전자 기기를 이용해 모의 훈련을 하는 것이었다.

이러한 가상현실 기기가 처음 등장한 것은 SF영화였지만, 세월이 흐르고 과학이 발전하면서 현실에서도 등장했다.

아직은 가상현실 기기가 비싸고, 또 그래픽이 발달하지 못해 현실감이 많이 떨어져 특수 목적에 한해서만 사용할 뿐이다.

"그럼 저기 있는 캡슐이 가상현실 기기라는 겁니까?"

"맞다. 저것은 우리 아케인 클랜에서 만든 가상현실 기기로, 저기에 들어가면 가상 세계와 연결이 되어 현실과 1:4의 비율로 교육을 받을 수 있다."

강진성이 가리킨 캡슐은 평범한 가상현실 기기가 아니었다.

다만 그것을 설명하기 위해선 교육생들이 알아듣기 편하도록 그냥 가상현실 기기라 칭한 것이다.

아마 한 번 사용하고 나면 그제야 아케인 클랜에서 제공하는 캡슐의 진가를 알게 될 것이다.

한두 대도 아니고, 100대나 되는 가상현실 기기를 갖추고 있는 아케인 클랜의 능력에 교육생들은 모두 숨을 죽였다.

비록 헌터이지만, 가상현실 기기가 얼마나 비싼 물건인지는 잘 알고 있었다.

다큐멘터리나 뉴스에서 가상현실 기기에 관한 방송이 몇 차례 있었고, 요즘도 가끔 나오고 있기 때문이다.

한 대만 해도 수십, 수백억 원이라는 가상현실 기기가 100대나 있으니, 놀라지 않을 수 없는 것이다.

사실 저기 있는 캡슐은 가상현실 기기가 아니라 아케인 스톤을 가동시키는 캡슐이지만, 이 자리에 있는 교육생은 그런 사실을 알 수 없었다.

정진이 아케인 아카데미의 그것을 본떠 만든 것으로, 마법진을 이용해 만든 캡슐이었다.

그러니 저 캡슐은 값을 매기기가 애매한 물건이었다.

전적으로 아케인 스톤만을 사용할 수 있는 캡슐이라 미국에서 개발한 가상현실 기기와는 달랐다.

물론 아케인 스톤을 활용하기 위해선 마법진이 필요하기에 마법진을 그리기 위한 금과 은 같은 귀금속이 들어가 결코 저렴한 금액은 아니지만, 그래도 미국의 가상현실 기기보단 저렴하게 만들어 100기나 보유할 수 있었다.

"모두 각자 번호대로 캡슐에 들어가라!"

강진성의 지시가 떨어지자 모여 있던 교육생은 자신의 번호에 맞는 캡슐에 들어갔다.

캡슐에 교육생들이 들어가는 모습을 보던 강진성은 다시 지시를 내렸다.

"캡슐 안에 있는 고글을 쓰고 자리에 누워라! 누워 있으면 다 알아서 될 것이니, 긴장할 필요 없다."

강진성의 말에 캡슐에 들어간 교육생들은 고글을 쓰고 누웠다.

✝   ✝   ✝

"아!"

수연은 도저히 믿을 수가 없었다.

아케인 스톤을 통한 가상현실은 전에 자주 접해봤다.

그런데 지금 자신이 겪고 있는 것은 그것과 차원을 달리하는, 한마디로 충격적인 것이었다.

전에 클랜에서 교육을 받을 때만 해도 뉴스나 인터넷 정보 검색으로 알려진 가상현실을 뛰어넘는 획기적인 것인데, 이곳 아카데미의 것은 가상현실을 넘어선 완벽한 또 하나의 현실이었다.

시각은 물론이고 후각과 청각, 촉각까지 모두 완벽했다.

어쩌면 미각도 구현되었을지 모른다는 생각이 들 정도로 완벽한 가상의 세계를 느끼며 놀라서 할 말을 잊었다.

"언제까지 그렇게 놀라고 있을 거야?"

그저 잠자리에 들듯 자신에게 할당된 침대에 누워 잠이 든 것 같은데, 또 다른 세상에 온 것 같은 감각에 감탄을 하며 정신을 차리지 못하는 수연을 향해 정진이 말했다.

"아, 오셨어요?"

수연은 들려오는 목소리에 정신을 차리고 시선을 돌려 인사했다.

"그래, 어때?"

정진은 곧바로 감상을 묻자, 수연은 눈을 동그랗게 뜨며 대답했다.

"너무 놀라워요. 클랜에서 아케인 스톤으로 교육을 받았을 때도 놀랐는데, 아카데미의 아케인 스톤은 그보다 더한, 완전히 다른 세상이에요."

수연은 자신이 느끼고 있는 감상을 그대로 대답했을 뿐이지만, 정진은 그런 수연의 대답에 쓴웃음을 지을 수밖에 없었다.

사실 수연이 방금 한 말은 한마디로 정진이 그렸던 마법진이 지금 아카데미의 그것보다 조악하다는 말이나 마찬가지였다.

하긴, 9클래스 마스터들이 심혈을 기울여 설계한 것과, 겨우 5클래스 마법사가 그렸던 마법진이 동일한 효과를 보이길 바란다는 것은 어불성설이었다.

당시 정진이 이정진이나 김지웅 등, 팀 아케인 멤버들을 수련시키기 위해 만들었던 마법진은 그땐 효과가 좋아 보였지만, 아무래도 지금 아케인 아카데미의 마법진에 비한다면 너무도 부족할 수밖에 없다.

정진은 그저 자신이 이해하고 그릴 수 있는 한계를 잘 알고, 당시 자신이 만들 수 있던 최고의 효율인 1:4 비율의 마법진을 그렸을 뿐이었다.

만약 현재의 경지에서 다시 마법진을 그리라 한다면 1:4 비율이 아닌, 1:10 정도는 그릴 수 있을 것이다.

하지만 정진은 마법의 경지가 올랐으면서도 마법진의 효율을 굳이 고치지 않았다.

그것은 클랜원간의 형평성 문제도 있지만, 자칫 클랜원들이 마법진의 효능 때문에 자만심에 빠질지도 모르는 상황을 만들지 않기 위해 일부러 놔둔 것이다.

그리고 마법사도 아니고 육체 단련을 목적으로 하는 헌터를 교육시키는 것이기에 굳이 1:10 비율의 마법진이 필요하지 않았던 점도 있기에 초기 마법진을 그대로 둔 것이기도 하다.

"여기는 전에 클랜에 그려진 마법진보다 월등히 향상된 것으로, 현실과 1:100 비율로 시간을 활용할 수 있다."

"아!"

수연은 정진의 마법진의 효능을 듣고 입을 다물 수 없었다.

시간을 네 배나 늘려서 사용할 수 있다는 것도 놀라운 일인데, 이젠 그것의 스물다섯 배인 100배나 더 늘려 사용할 수 있다는 말에 그저 감탄성을 흘릴 뿐이었다.

"사실 다른 클랜원들에게는 간단하게 설명했지만, 원래 이곳은 너와 같은 마법사를 양성하는 교육기관이다."

정진은 자신을 주시하는 수연에게 이곳 아케인 아카데미의 설립 목적에 관해 이야기하기 시작했다.

"이곳에서 넌 마나를 마력으로 변환하여 마법진에 유도하는 것을 중점적으로 수련을 하게 될 것이다. 이 과정을 마치면 넌 보다 빠르게 마법의 경지를 끌어올릴 수 있을 거야. 그러니 열심히 하기 바란다."

"네, 알겠어요."

수연은 정진의 당부에 고개를 끄덕이며 대답했다.

"그리고 이곳에서는 원 없이 마법을 시전해도 아무런 지장이 없으니 마력을 억제하지 말고 다양한 방법으로 마음껏 시전해 봐. 그래야 나중에 마력이 늘어나고 요령이 생기면 마법을 시전할 때 마력을 얼마나 분배해야 할지 알게 될 거니까."

"예, 그렇게 하겠습니다."

정진의 당부에 수연은 야무지게 대답했다.

그동안 정진의 도움을 받으면서도 마법을 제대로 시전하지 못해 무척이나 미안했다.

비록 자신보다 먼저 마법을 배웠다고 하지만, 정은이나 정수는 마법의 경지는 물론이고 마법 시전도 자신처럼 어려워하지 않고 능숙하게 마법을 시전했다.

아무리 연인 사이라지만 동갑인 정수에게 뒤처지는 모습을 보이는 것은 내심 속상했다.

그런데 클랜장이자 아케인 학파의 수장인 정진이 그런 자신의 마음을 알고 있는지, 수시로 시간이 날 때마다 마법을 시전하는 요령을 가르쳐 주었다.

다만 그런 정진의 가르침을 제대로 이해하지 못해 답보 상태였던 것이다.

"난 이만 가볼 테니, 열심히 수련하기 바란다."

"네!"

정진은 작별 인사를 하고 그곳에서 사라졌다.

정진도 사라진 공간. 수연은 혼자 남아 전면을 주시했다.

그곳에는 아카데미 동쪽에 있는 연못과 비슷한 연못이 자리하고 있었다.

사실 아케인 스톤에 의해 형성된 가상공간은 아케인 아카데미와 똑같은 구조로 되어 있기에 같은 모양을 하고 있을 수밖에 없었다.

"에너지 볼트!"

수연은 가장 기초적인 마법인 에너지 볼트 마법을 시전해

보았다.

1클래스 마법인 에너지 볼트는 이름처럼 어떤 속성이 있는 것이 아니라, 마력을 있는 그대로 구슬처럼 소환해 목표를 맞추는 마법이다.

팡!

수연이 시전한 에너지 볼트가 빠르게 날아가더니 연못에 부딪혔다.

기초 마법이라 그런지 작은 폭음만을 남기고 사라졌다.

"매직 애로우!"

1클래스인 에너지 볼트 마법을 성공한 수연은 이번엔 2클래스 마법인 매직 애로우 마법을 시전했다.

매직 애로우는 1클래스 마법인 에너지 볼트 마법을 막대 모양으로 변형시킨 마법으로, 둥근 형태로 물리적 충격만 주던 것에서 관통 대미지를 주는 형태로 변형된 마법이었다.

하지만 매직 애로우는 2클래스 마법이면서도 효과는 1클래스인 에너지 볼트에 비해 겨우 1.5배 정도의 위력일 뿐이다.

들어간 마력에 비하면 그리 효율이 좋은 마법이 아니었다.

하지만 그런 매직 애로우도 에너지 볼트에 비해 좋은 점이 있는데, 그것은 바로 2클래스 마법 이상의 마법에는 목표 유도 기능이 있다는 것이다. 따라서 매직 애로우 마법은 시전이 되면 무조건적으로 목표에 명중을 한다는 장점이 있다.

휘잉~

퐁!

매직 애로우는 발현되자마자 빠르게 날아가 연못을 강타했다.

에너지 볼트보다 세 배는 빠른 속도로 날아갔지만, 에너지 볼트에 비해 입수하는 면적이 작아서 그런지 연못에 충돌하는 소음은 작은 조약돌이 물에 빠질 때 나는 소리 같았다.

"와!"

수연은 마법이 두 번 연속 실수 없이 성공하자, 작게 환호성을 질렀다.

매번 마지막 순간에 마력의 컨트롤이 흔들려 마법이 취소되곤 했는데, 오늘은 어떻게 된 일인지 그런 조짐도 없고, 연속으로 성공을 한 것이다.

"한 번 더!"

수연은 연속 성공에 고무되어 다시 한 번 마법을 시전했다.

이번에는 조금 더 난이도가 있는 마법이었다.

매직 애로우와 동급인 2클래스 마법이지만 매직 애로우가 에너지 볼트에 모양만 변형을 시킨 것이라면, 이번에는 속성을 변환한 마법이었다.

"라이트닝 볼트!"

파즈즈즉!

수연이 마법을 시전하자 그녀의 손바닥 위에 푸르고 하얀 구체 모양이 떠올랐다.

그런데 그 구체의 표면에는 푸른 전기가 파즈즉 하면서 스파크를 내고 있었다.

"꿀꺽!"

여기까지는 문제가 되지 않았다. 문제는 손바닥 위에 떠오른 라이트닝 볼트를 목표를 향해 날렸을 때 제대로 날아가는 것이냐 하는 것이었다.

"얍!"

손바닥 위에 떠오른 마법을 목표를 향해 던졌다.

하지만 조금 전과 다르게 그녀의 손을 떠난 라이트닝 볼트 마법은 풍선을 던진 것처럼 천천히 날아갔다.

그런 라이트닝 볼트의 모습을 확인한 수연의 표정이 보기 싫다는 듯이 찌푸려졌다.

팟!

그렇게 날아가던 마법은 연못에 한참을 못 미쳐 꺼지듯 사라졌다.

"아……."

그 모습에 수연은 조금 전 환호하던 얼굴과 반대로 안색이 좋지 않아졌다.

"뭐가 문제인 거야? 히잉……."

수연은 마법이 실패한 원인을 도저히 알 수가 없었다.

매번 마지막 순간에 실패를 하는 원인을 알 수가 없어 많은 스트레스를 받고 있는 중이었다.

"라이트닝 볼트!"

수연은 실패한 마법의 원인을 찾기 위해 다시 한 번 라이트닝 볼트 마법을 시전했다.

하지만 이번에는 조금 전과 다르게 마법에 마력을 조금 더 넣고 시전을 해보았다.

혹시나 자신이 마법에 들어가는 마력의 양을 잘못 계산한 것이 아닌가 하는 생각에서 그러한 것이다.

팟!

파즈즉! 파즈즉!

조금 전보다 스파크의 움직임이 강렬한 것이, 마력이 더 첨가된 것만큼 강력하다는 것을 나타내고 있었다.

"이얍!"

두둥!

하지만 마법은 조금 전과 비슷한 모습을 보였다.

파즉!

그런데 결과는 조금 달랐다. 조금 전에 시전했던 라이트 닝 볼트는 목표에 날아가던 중간에 소멸했는데, 이번에는 비록 굼벵이가 기어가듯 느리게 날아가긴 했지만, 그래도 목표인 연못까지 날아가기는 했던 것이다.

"아, 성공했어!"

수연은 비록 느리게 날아가긴 했지만 목표에 명중을 한 라이트닝 볼트를 보고는 환호를 하다 자신도 모르게 눈물을 흘렸다.

지금까지 2클래스 마법이 실패한 원인을 알 수 없었는데, 이제야 어렴풋이 그 원인을 알게 됐기 때문이다.

"결국 내가 마력의 분배를 잘못했던 거잖아!"

마법을 성공하기 위해선 마법에 들어가는 마력의 양을 알 아야 한다.

주변에 흐르는 마나를 끌어들여 심장의 서클에 연결을 하고, 가공을 거쳐 마력으로 변환을 한 다음, 그 마력을 다시 팔과 손을 통해 마법으로 시전하는데, 이때 팔과 손을 타고 흐르던 마력이 마법사가 심상으로 그린 마법식을 그리며 마법이 완성되는 것이다.

그런데 애초 수연은 이 마법식에 들어가는 마력의 양을 잘못 계산한 것이다.

마법사마다 그 이해력이나 마나 친화력이 다르기에 같은 서클이라고 해도 마나를 마력으로 치환하는 과정에서 들어 가는 마나량은 모두 제각각이었다.

하지만 수연은 그러한 이치를 잘 알지 못했기에 그저 다른 사람이 가르쳐 준 대로 무의식적으로 분배를 했던 것이다.

그러다 보니 해당 마법진에 들어가야 할 마력의 양이 부족해 마법이 온전하게 시전이 되지 못하고 불완전하게 시전이 되었던 것이다.

이렇게 불완전한 마법은 방금처럼 억지로 성공을 하는 때도 있고, 처음 시전했던 라이트닝 볼트 마법처럼 중간에 소멸하기도 하였다.

"아, 이래서 정진 오빠가 여러 가지로 실험을 하면서 마법을 수련하라고 하셨던 거구나!"

수연은 방금 전 마법을 시전할 때 마법에 들어가는 마력의 분배를 달리한 것을 생각하며 정진이 무엇 때문에 실험을 하면서 수련을 하라고 했는지 깨닫게 되었다.

"이번에는 조금 더 마력을 넣어보자!"

비록 느리게 날아가긴 했지만 성공을 하였으니 조금 더

마력을 분배해 시전해 보기로 하였다.

수연은 곧바로 마법에 마력을 불어넣기 시작했다.

"라이트닝 볼트!"

찌지지직! 찌지지직!

마력이 더욱 늘어나자 스파크의 세기도 더욱 커졌다.

"하압!"

우웅!

파즈즈즉!

세 번째 시전된 라이트닝 볼트는 조금 전보다 조금 더 빠른 속도로 날아가 목표인 연못에 떨어졌다.

그리고 조금 전과는 비교도 되지 않을 정도로 연못 수면에 전류를 흘리고는 사라졌다.

"음, 조금 전보다 나아지긴 했는데, 속도는 아직도 느리네."

마법의 위력은 그녀가 알고 있는 만큼의 위력을 내고 있었다.

하지만 마법이 날아가는 속도는 아직도 그녀가 알고 있는 라이트닝 볼트와 차이를 보이고 있었다.

사실 라이트닝 볼트 마법은 2클래스 마법 중에서도 빠른 편에 속하는 마법이었다.

그런데 방금 자신이 시전한 라이트닝 볼트는 일반인은 모르겠지만, 조금 몸놀림이 날랜 사람이라면 누구나 피할 수 있을 정도로 느리게 날아갔다.

그 때문에 수연은 지금 자신이 시전한 라이트닝 볼트 마법이 정상이 아니란 사실을 알게 되었다.

"뭐가 또 문제지?"

이번에는 바로 마법을 시전하지 않고 뭐가 문제인지 라이트닝 볼트 마법의 수식을 되짚어 보았다.

그녀가 라이트닝 볼트 마법의 식을 생각하자, 그녀의 눈앞에 라이트닝 볼트의 마법식이 펼쳐지기 시작했다.

이것은 현재 그녀가 있는 공간이 현실이 아닌 아케인 스톤과 마법진의 결합으로 발현된 가상현실이었기에 가능한 현상이었다.

수연은 라이트닝 볼트의 마법식을 허공에 띄우고 다시 한번 라이트닝 볼트 마법을 시전했다.

그런데 이번에 시전한 마법은 조금 전에 시전했던 마법과 다르게 허공에 떠 있던 마법진에 마력이 흘러가는 상황을 보여주고 있었다.

마치 네비게이션에 그 경로가 씌워지듯, 마력이 마법진을 타고 흐르는 모습이 보였다.

"아, 여기서 내가 수식을 잘못 이해했구나."

수연은 자신이 시전한 라이트닝 볼트 마법이 무엇 때문에 속도가 나지 않는지 이제야 알게 되었다.

마법을 구성하는 마법진의 수식 중 마법이 날아가는 속도를 관장하는 부분에 대한 마력의 분배를 잘못 계산한 것이다.

마법진에 무조건 마력을 많이 불어 넣는 것만이 능사가 아니었다.

마법의 위력과 속도가 적절히 균형을 이뤄야 제대로 된 효과를 볼 수 있는데, 위력만 키우고 속도는 신경도 쓰지 않았기에 마법이 성공을 하면서도 제 속도를 내지 못했다.

이러한 사실을 깨닫자 수연은 연속해서 라이트닝 볼트 마법을 시전하기 시작했다.

이번에는 마법의 속도를 관장하는 부분도 정확하게 신경을 써서 마력을 분배했다.

"라이트닝 볼트!"

똑같은 마법이 시전되었지만, 그 결과는 똑같지 않았다.

번쩍!

파즈즈즉!

이번에 시전한 라이트닝 볼트 마법은 두 번째로 시전했던 매직 애로우 마법에 버금갈 정도로 빠르게 목표를 향해 날아갔다.

"라이트닝 볼트! 라이트닝 볼트!"

마법이 제대로 성공하자 수연은 연속해서 라이트닝 볼트 마법을 시전했다.

한 번 성공한 마법이라 라이트닝 볼트 마법에 대한 개념을 확실하게 새기고 시전해서 그런지 마법은 빠르게 완성되면서 날아갔다.

파즈즉! 파즈즉!

제대로 된 마법으로 계속해서 성공을 하자, 이젠 아예 마법 공식을 허공에 띄우고 마법을 시전하기 시작했다.

"아이스 애로우!"

이번엔 물리 대미지가 뛰어난 아이스 애로우 마법이었다.

그렇게 수연은 자신이 실수한 부분을 체크하고 이를 시정하면서 계속해서 마법을 수련했다.

웅성웅성.

대한민국 헌터 협회는 요즘 밀려드는 헌터들로 정신이 없었다.

"아니, 대체 무슨 일이 있었기에 라이선스를 재심사받으려는 헌터들이 이렇게 늘어난 거야?"

갑자기 늘어난 라이선스 등급 변경 신청 때문이었다.

엠페러 클랜을 필두로 대한민국 3대 클랜에 속하는 백화 클랜, 그리고 욱일승천의 기세로 발전하고 있는 아케인 클랜에서 헌터 양성소를 개설하고 한 달이 지난 뒤로 헌터들의 라이선스 등급 변경 신청이 눈에 띄게 늘어나기 시작했다.

그런데 놀라운 일은 등급 변경 신청을 했던 헌터들 모두가 기존의 등급에서 최소 1~2등급 이상이 향상되었다는 것이다.

개중에는 3등급이나 오른 헌터도 가끔 나와서 심사를 하던 헌터 협회 감독관을 놀라게 했다.

동북 3국 중에 헌터의 등급이 가장 낮던 대한민국에서 어느 순간 고급 헌터들이 등장하더니, 이제는 헌터의 질 자체가 높아지기 시작했다.

전에는 고만고만한 클랜이 좁은 대한민국의 헌터 세계를 두고 아옹다옹했다면, 이제는 확실하게 대한민국에 있는 헌터들을 선도하는 클랜이 있었다.

그 때문인지 이제는 몇몇 고위 헌터들은 몬스터를 처리하지 못해 어려움을 겪고 있는 다른 나라에 진출을 하여 대한민국의 위상을 올리고 있었다.

더욱이 포션과 매직 웨폰이 대한민국에서 생산이 되면서 헌터 강국으로 알려진 곳에서도 대한민국을 쉽게 생각하지 못하게 되었다.

"모두 신분증하고 헌터 라이선스 챙겨 왔지?"

백화 클랜의 친위 대장인 이화선이 친위대에 속한 인원들을 향해 소리쳤다. 이들은 모두 6등급 라이선스를 가지고 있는 이들로, 백화 클랜에선 최정예 헌터들이다. 그런데 그들이 헌터 등급을 변경하기 위해 헌터 협회를 찾은 것이다.

그런데 친위대를 인솔하고 있는 이화선의 표정은 무척이나 긴장된 표정이었다.

그도 그럴 것이, 자신들보다 작았던 아케인 클랜이 어느새 자신들을 추월했고, 헌터 등급에서도 추월당한 것에 자존심이 상한 탓에 이번에 억척같이 수련을 했던 것이다.

원래 동맹 관계에 있던 아케인 클랜은 처음 결성이 되었을 때는 일개 사냥 팀에 불과했다.

그러던 것이 시간이 흐르자 이제는 같은 3대 클랜이라고 불렸고, 이미 자신들을 추월한 것이 오래전이었다.

더욱 이해가 가지 않는 것은, 누가 뒤에서 밀어주는 것도 아닌데 지금까지 본 적이 없는 신기한 것들을 만들어내면서 몸집을 불려가는 것이었다.

뿐만 아니라, 아케인 클랜은 도대체 어떤 비밀이 있는 것인지, 핵심 간부들의 등급도 불가사의할 정도로 빠르게 높여갔다.

이제는 연인이 된 김지웅에게 그 비밀에 관해 살짝 물어보기도 했지만, 그 비밀은 듣지 못했다.

다만 얼마 전 아케인 클랜의 클랜장이 알려준 마나 집접진에 그 비밀이 있을 것이란 짐작을 할 뿐이었다.

아케인 클랜의 헌터가 누가 봐도 불가사의할 정도로 그 전투력이 늘어나는 현상은 직접 겪어 봐도 이해할 수 없는 것이었다.

그래서 백화 클랜에선 정진에게서 마나 집접진 주변에서 수련을 하면 실력이 향상된다는 이야기를 들었을 때, 아케인 클랜처럼 외부 헌터들에게 양성소를 개방하지 않고 우선적으로 내부 헌터에게 개방을 했다.

이렇게 개방된 마나 집접진의 최초 수혜자는 바로 여기에 있는 친위대였다.

클랜장인 백장미를 추종하는 친위대이기에 백화 클랜에서 가장 우선적으로 마나 집접진이 설치된 지하에서 수련을 하는 영광을 얻었다.

"절대로 실수가 있어선 안 된다."

"알겠습니다."

이화선은 연인이 된 김지웅에게 알게 모르게 경쟁의식을 가지고 있었다.

처음 그를 보았을 땐 자신보다 두 단계나 낮은 등급이었던 김지웅이 이제는 오히려 자신보다 두 단계나 앞서 있는 것에 겉으로는 표현을 하지 못했지만 열등감을 가지게 되어 버린 것이다.

"화선아!"

이화선이 친위대를 단속하고 있을 때, 헌터 협회 안으로 들어서던 김지웅이 그녀에게 다가왔다.

"아, 왔어?"

"아니, 안 들어가고 여기서 뭐하고 있었던 거야?"

김지웅은 오늘 이화선이 친위대와 함께 라이선스 변경 심사를 한다는 소식을 듣고 응원을 하려고 왔다.

"이제 들어가려고."

"응, 오늘 심사 잘 봐!"

"잘 봐야지."

뭔가 각오를 한 것인지, 이화선은 굳은 표정으로 작게 중얼거렸다.

그런 대장의 모습에 친위대의 표정이 굳어졌다.

Chapter 4
아케인 무기 공방

아케인 아카데미가 개방이 되면서 조용하던 이 지하 세계는 시간을 거슬러 원래 설립된 목적과 조금은 다른 방향으로 활성화되었다.

아케인 제국의 학문의 요람인 아케인 아카데미는 원래 제국에 필요한 마법사를 양성하는 최고 기관이었다.

그런데 제국의 근간인 마도사들의 분쟁으로 제국이 멸망을 하게 되었고, 학문의 요람인 이곳 아케인 아카데미도 그 여파로 인해 분출한 화산 폭발과 지각변동으로 땅속 깊은 곳으로 가라앉게 되었다.

그런 아카데미가 손으로 헤아릴 수 없을 정도의 시간을 거슬러 이렇게 인간이 다시 찾아와 원래 목적인 교육의 장으로 부활하게 된 것이다.

다만 이곳 뉴 어스의 인류가 아닌, 이계인이라 할 수 있는 지구인들이 차지하고 있었고, 원래의 목적인 마법사 양성보다는 아케인 제국의 마도사들의 '가드' 라 부르던 이들의 육체 능력을 개발하는 목적으로 주로 이용되고 있었다.

그 안의 아주 소수의 인원만이 원래 목적인 마법을 수련하는 중이었다.

그런데 특이한 점은, 지구인들은 마법이란 학문이 생소해 마법에 소질을 가진 이를 찾기가 무척이나 어려운데, 정진은 자신의 주변에서 무려 세 명이나 마법에 소질이 있는 이들을 찾아냈다는 것이다.

아니, 소질이 있는 정도가 아니라 아케인 제국 시절에도 수재라 불릴 정도로 재능이 탁월한 이들이었다.

물론 정진 본인보다는 조금 못 미치기는 하지만, 그래도 이들 세 명은 무척이나 소질이 좋았다.

사실 마도 문명이 극도로 발달한 아케인 제국 시절이라해도 정진이나 그의 동생들, 그리고 이수연 정도의 재능을 가진 이들은 드물었다.

그리고 이들 정도의 재능을 가진 이들은 모두 7클래스 이상의 마도사가 되었으며, 스승만 잘 만난다면 인간의 한계라고 전해지는 8클래스를 넘어 9클래스의 메이지가 되었다.

그러니 아케인 아카데미의 마지막 생존자라 할 수 있는 제라드와 젝토르가 정진을 발견했을 때, 얼마나 기뻐했는지는 이루 말할 수 없을 것이다.

자신들의 염원이 오랜 시간이 걸리지 않고 이루어질지도 모른다는 희망에 정진을 가르치는 것에 아카데미에 남은 자원을 모두 투입하였다.

그러했기에 한 달이란 짧은 기간에 정진이 5클래스에 들어설 수 있었던 것이다.

그렇지 않았다면 아무리 정진이 마법에 특별한 재능을 타고났다 하더라도 마법이란 학문을 그렇게 짧은 시간에 이룰 수는 없는 일이었다.

물론 정진도 나중에서야 자신과 동생들의 차이를 알고 또 자신이 이룩한 경지가 어떻게 해서 이루어진 것인지 깨닫게 되어 동생들이 자신과 차이를 보이는 것을 이해하게 되었다.

그러하였기에 자신보다 느린 진척에 조바심을 내지 않을 수 있었던 것이기도 하다.

만약 그런 사실을 깨닫지 못했다면 아마 정진은 동생들이 소질이 없다고 판단해 마법사가 아닌 다른 길을 모색하게 했을지도 몰랐다.

하지만 자신이 아케인 아카데미에서 가르침을 받을 때 스승님들이 어떻게 자신이 마법을 수련하는 데 지원을 했는지 깨닫게 되고 나서부턴 마음을 내려놓게 되었다.

그러면서 동생들의 경지를 올리기 위해 자신도 스승님들이 자신에게 했던 것처럼 지원을 하는 것에 최선을 다했다.

물론 그러면서도 클랜원들에게 양해를 구했다.

자신이 아무리 아케인 클랜의 클랜장이라 하지만, 클랜의 자원을 사용하는데 있어 일방적으로 집행을 하면 처음에야 문제가 되지 않을 수 있지만, 나중에 사람들이 더 모이게 되면 언젠가는 부정적인 반응이 나올 수밖에 없었다.

그래서 정진은 동생들과 수연을 비롯한 마법에 소질이 있는 이들을 찾고 양성을 하는데 많은 지원을 하면서, 또 다른 쪽으로는 클랜 소속의 헌터들에 대한 지원에도 신경을 썼다.

포션의 지급이나, 마나 집접진이 그려진 방에서 수련을 한다거나, 아케인 스톤을 이용한 이론 교육 등이 모두 이에 포함된다.

클랜 소속의 헌터들이 마법사들과 진혀 차별을 느끼지 않게 말이다.

그런 노력의 결과인지, 동생들을 비롯한 마법사 양성에 클랜의 헌터들도 무척이나 긍정적으로 생각하고 있었다.

자신들의 대표인 정진이 마법으로 엄청난 기적을 보여주고 있으니, 당연히 정진의 뒤를 이어 마법을 수련하는 이들에 대해서도 각별히 생각하고 있는 것이다.

언젠가는 자신들을 위해 그동안 배운 것을 사용할 것이라 생각하기 때문이기도 했다.

실제로도 자신들이 사용하는 장비를 만들기 위해 정진과 마법사들이 노력을 한다는 것을 알기에 마법사들이 갖는 혜택에 헌터들도 별다른 불만을 갖지 않았다.

아니, 그런 불만을 갖는 것보다는 정진이 자신들에게 지원해 주는 혜택을 누리기에도 정신이 없는 상황이다.

조금만 더 노력을 하면 상급 헌터라 할 수 있는 5등급 헌터가 될 수 있는 길이 눈앞에 펼쳐졌는데, 다른 데 신경을 쓸 겨를이 없는 것이다.

솔직히 5등급 헌터라면 예전에는 상당히 높은 등급으로 취급이 되었지만, 3대 클랜으로 불리는 엠페러, 백화 그리고 아케인 클랜에선 이제는 상급 헌터라 분류되지 못하고 있는 실정이다.

아니, 5등급 헌터가 바로 정예 헌터냐, 아니냐 하는 판가름의 기준이 되었다.

그러니 다른 동료들에게 뒤처지지 않기 위해 불철주야 수련을 하였다.

수련 기간이 아닌 때는 열심히 몬스터 헌팅을 나가 돈을 벌고, 수련 기간에는 또 열심히 수련을 하여 실력을 쌓는 것이 아케인 클랜의 헌터들이 하는 일과였다.

정진은 시간이 남으면 헌터들을 봐주기도 하지만, 그도 주로 자신의 실력을 향상하기 위해 수련을 하였다.

예전에 완성한 저 클래스의 마법이라도 다시 한 번 짚어 보며 자신이 익히 알고 있는 마법을 다시 한 번 분해해 보았다.

그러자 저 클래스 마법도 새롭게 정립하는 계기가 되었다.

비록 알고 있는 것 이상으로 뛰어난 것은 아니지만, 그냥 주입식으로 알고 있는 것과 하나하나 뜯어보면서 직접 깨달은 마법은 정진에게 새로운 깨달음을 전달했다.

그러하였기에 정진은 이미 알고 있는 마법이라고 해서 소홀하게 취급하지 않고, 매번 새롭게 마법 수식을 설정하면서 시험했다.

그것만이 현재 정체되고 있는 마법의 경지를 올릴 수 있다는 것을 알기 때문이었다.

처음 마법을 배우고 얼마 되지도 않은 것 같은데, 벌써 정진은 온전하게 7클래스를 마스터한 상태였다.

더 이상은 마나만 심장에 모은다고 해서 클래스를 올릴

수 있는 것이 아니었다.

8클래스에 해당하는 깨달음이 없는 현재는 마나를 모아봐야 서클의 굵기만 더 진해질 뿐이었다.

물론 그렇게 모인 마나가 전혀 필요가 없는 것은 아니다.

나중에 깨달음을 얻게 되면 그렇게 모인 마나가 깨달음으로 새롭게 유입되는 마나와 결합을 하여 심장에 새로운 서클을 형성하기 때문이었다.

† † †

"이건 아머에 마법진을 새기는 장치군."

정진은 아케인 아카데미 한쪽에 자리하고 있는 마도구 공방에서 스승 중 한 명인 제라드가 만들어 둔 장치를 살피고 있었다.

두 스승 중 젝토르가 마법에 관한 것을 남겨주었다면, 제라드는 정진이 앞으로 마법을 널리 퍼뜨리기 위해 도움이 될 것을 남겼다.

그것은 바로 마법사의 파트너인 가드를 위한 장치였다.

그리고 그 장치를 대량생산할 수 있는 설비 일체를 이곳 아케인 아카데미에 남겼다.

이는 정진을 보호하기 위해 가디언인 타라칸을 준비한 것처럼, 정진의 보호와 함께 정진이 양성할 마법사들을 보호하기 위한 조치였다.

물론 이를 어떻게 사용할 것인지는 전적으로 물려받은 정진이 결정을 할 사항이었지만, 제라드는 그저 정진에게 조금이나마 도움이 되길 바라며 이것을 남겼을 뿐이었다.

정진 역시 그런 제라드의 뜻을 알고 있는 듯, 마도 공방에 남겨진 마도구들을 일일이 살피며 그 기능들을 하나하나 뜯어보기 시작했다.

9클래스를 벗어나 초월자가 된 스승이 남긴 것이기에 8클래스로 가는 힌트가 있을지 모른다는 생각이 들어 더욱 꼼꼼히 살펴봤다.

하지만 아쉽게도 공방에 있는 마도구에 그려진 마법진은 그리 어려운 것이 아니었다.

자신이 이미 사용하고 있는 것들로, 철판에 마법진을 새기고 그려진 마법진에 마나석이나 마정석 용액을 정확하게 주입하는 장치들이 있을 뿐이었다.

그렇지만 정진에게는 그것만으로도 큰 도움이 되었다.

사실 그동안 정진은 그려진 마법진에 마정석 용액을 주입할 때 무척이나 힘이 들었다.

이 모든 것을 수작업으로 해야 했기 때문에 하루에 많은 작업을 할 수가 없었다.

그런데 이제는 굳이 수작업으로 할 필요가 없이 마도구에 맡기기만 하면 되는 것이었다.

더욱이 마도구는 마나만 주입하면 자동으로 그런 공정을 대신 수행하기에 수작업으로 하던 이전과는 엄청난 속도의 차이를 보이며 매직 웨폰을 생산했다.

또한 마정석 용액을 주입하는 문제로 예전에는 복잡한 마법을 그릴 수 없었지만, 이제는 그러한 부담이 없으니 더욱 강력한 마법을 매직 웨폰에 새길 수 있었다.

그 뜻은 새롭게 생산되는 매직 웨폰은 기존의 것보다 더 강력한 것이란 소리였다.

정진은 앞으로 공방에서 생산될 매직 웨폰은 클랜원에게 새롭게 지급을 하고, 기존에 사용하던 매직 웨폰은 동맹을 맺은 클랜에 우선 판매를 할 계획이었다.

일단 동맹이니 혜택을 줘야 하지 않겠는가. 아마 모르긴 몰라도 자신이 판매하는 것 이상으로 주문을 할 것이 분명했다.

물론 동맹이라고 해서 가격을 더 싸게 줄 생각은 없다.

굳이 그럴 필요는 없는 것이, 그들이 아니더라도 지금 아케인 클랜의 헌터들이 사용하는 상급의 매직 웨폰을 구입하려는 이들은 대한민국 내에도 널려 있기 때문이다.

그저 우선권을 주는 것만으로도 동맹에게 해야 할 예의는

다한 것이라 할 수 있었다.

"그런데 재료는 몇 대 몇의 비율로 넣어야 하는 거지?"

한참 매직 웨폰을 생산하는 마도구들을 살피던 정진은 문득 의문이 들었다.

자신이 있을 때, 아니 제라드가 이것들을 만들 때 곁에서 보지 못했기에 마도구에 재료를 얼마나 넣어야 하는지 알 수가 없었다.

더욱이 제라드가 남긴 사념에는 그 내용이 전혀 들어 있기 않았기에 머리가 아파오기 시작했다.

사실 이건 제라드도 미처 생각지 못했던 일이다.

만약 아카데미 안에 매직 웨폰을 만들 재료가 남아 있었더라면 제라드도 까먹지 않고 사념에 남겨두었을 텐데, 그저 떠나기 전에 정진에게 도움이 될 물건을 만들어 두겠다는 생각에 아카데미에 남은 재료를 모두 가지고 공방의 마도구를 만들다 보니 그런 생각을 못했다.

"일단 기존에 만들던 비율로 넣어서 실험을 해봐야겠다."

정진은 아무것도 모르는 상태에서 생각만 한다고 해결이 되지 않는다는 것을 알기에 일단 자신이 알고 있는 비율로 재료를 넣고 마도구를 작동시켜 보기로 결심했다.

합금을 만드는 마도구에 철과 몬스터의 뼈, 그리고 마정석을 10:7:1의 비율로 올렸다.

정진은 이것을 마법사의 불로 녹여 합금을 하곤 했는데, 지금은 마도구 위에 올려두고 마도구를 작동시켰다.

우웅!

정진이 마도구에 마력을 집어넣고 활성화시키자 마도구에서 진동음이 흘러나왔다.

마도구가 활성화되면서 마도구 위에 있던 재료에 변화가 일어나기 시작했다.

마도구 바닥에 구멍이 생기더니, 올려 두었던 재료들을 빨아들였다.

툭!

그렇게 마도구 위에 올려두었던 철 10kg과 몬스터의 뼈 7kg, 그리고 하급 마정석 1개는 합금괴 다섯 덩이로 변했다.

"빠르네."

마도구에서 얼마 걸리지 않아 합금괴 다섯 개가 만들어지자 정진은 감탄을 하였다.

자신이 했다면 철괴와 몬스터의 뼈, 그리고 마정석을 모두 녹이고 융합시키기 위해 지금의 다섯 배 이상의 시간을 소모해야 했을 것인데, 제라드가 만들어둔 마도구는 1/5의 시간 동안에 합금괴 다섯 개를 만들어낸 것이다.

정진은 이에 고무되어 다시 한 번 같은 무게의 재료를 마도구에 올려 시험을 하였다.

우웅!

툭!

또다시 합금괴 다섯 개가 만들어졌다.

하지만 이번에는 그것에 그치지 않고 그 옆에 있는 마도
구에도 마력을 불어넣어 활성화를 시켰다.

첫 번째 마도구에서 만들어진 합금괴는 두 번째 마도구에
들어갔다.

그런데 이번에는 다른 변화가 있었다.

바로 무기가 만들어지는 것이 아니라, 그 위에 홀로그램
이 나타나는 것이었다.

정진은 그 홀로그램을 살펴보았는데, 홀로그램에는 검,
도, 창, 방패 그리고 아머의 문양이 있었다.

"아! 여기서 무엇을 만들 건지 선택을 하는 건가 보구
나!"

홀로그램에 나타난 문양을 살피던 정진은 그것이 무엇을
나타내는지 깨닫고 검을 선택했다.

검의 형태를 한 문양을 선택하자, 두 번째 마도구가 다시
변화를 보였다.

우웅, 탁! 우웅, 탁!

다섯 번의 작동 음과 검이 나오고 난 후에 두 번째 마도

구는 또다시 홀로그램을 띄웠다.

하지만 이번에 나타난 홀로그램은 문양이 아닌 글이었다.

한글이나 영어와 같은 지구의 글이 아니라, 마법에 상용하는 룬어였다.

"음, 재료가 부족하네."

홀로그램으로 써진 글자는 바로 재료가 부족하다는 글자였다.

두 번째 마도구는 재료를 모두 소비하고 첫 번째 마도구가 작동을 멈춘 것과 다르게 재료가 부족하다는 글자를 띄우며 사용자에게 상태를 알린 것이다.

정진은 그런 두 번째 마도구의 작동을 멈추고, 이번에는 세 번째 마도구에 마력을 집중했다.

정진이 생각하기에 첫 번째 마도구가 재료를 가공하는 것이고 두 번째 마도구가 합성된 재료로 무기의 형태를 만들었으니 아마도 세 번째는 만들어진 무기에 마법진을 그리는 것이라 짐작했다.

우웅!

세 번째 마도구가 작동을 하자, 만들어진 검은 세 번째 마도구의 밑을 지나가기 시작했다.

그러고는 검이 세 번째 마도구의 터널을 지날 때 또다시 홀로그램이 나타났는데, 이번에는 마법진이 나타났다.

그리고 그 마법진 밑으로 마치 컴퓨터의 키보드 같이 룬 열여섯 개의 문자가 있었다.

그것을 보니 아마도 무기에 새겨질 마법진에 들어갈 룬을 입력하는 것이라 짐작되었다.

정진은 일단 빈 마법진에 적당한 룬을 넣어보았다.

비록 시험이라곤 하지만 제대로 마법진을 새길 생각으로 머리를 굴렸다.

"여기에는 힘의 룬을, 그리고 여기에는 불의 룬을, 여기도 불의 룬을 넣고 마지막으로 불의 룬과 상성이 좋은 바람의 룬을 넣는 거야!"

마법진의 빈 공간에 룬 문자를 하나하나 기입하면서 작게 중얼거렸다.

정진은 마법진에 룬을 넣으면서 이것저것 실험해 보니 현재 최대 네 개까지 룬을 넣을 수 있다는 것을 알게 되었다.

그렇게 마법진에 룬을 기입하였는데, 마도구는 아직도 뭔가 부족한지 깜박! 깜박! 하며 어떤 글자를 생성하기 시작했다.

"아, 마정석!"

깜박이는 문자는 바로 새겨지는 마법진에 마나석이나 마정석을 주입하기 위한 재료가 없다는 표시였다.

아마도 세 번째 마도구는 마법진을 새김과 동시에 새겨진 마법진에 마정석을 녹인 용액을 주입하는 것 같았다.

정진은 서둘러 검의 숫자에 맞게 하급 마정석 다섯 개를 세 번째 마도구 위에 올렸다.

그러자 마정석을 올려둔 바닥이 열리며 마정석을 빨아들였다.

우웅!

작은 진동음이 흘러나오고 잠시 뒤, 마도구의 출구에서 검이 서서히 모습을 드러냈다.

정진은 만들어진 검을 들었다.

"음, 잘 만들어졌네."

아직 손잡이를 달지 않아 블레이드만 있는 모습이었지만, 무척이나 잘 만들어진 검이라는 것을 알 수 있었다.

5㎏이 넘어 조금은 무거운 감이 있지만, 몬스터 사냥을 하기 위한 무기라 본다면 그리 무거운 편은 아니었다.

"파워 업."

정진은 한참 살피다가 마법 시동어를 외쳤다.

시동어를 외치기 무섭게 정진의 몸에서 힘이 넘치기 시작했다.

"좋군, 그럼… 파이어!"

파워 업 마법은 기존에 자신이 만든 것과 그리 차이가 나지 않았다.

그래서 이번에는 다른 마법을 시전해 보았다.

정진도 화염 마법이 가미된 매직 웨폰을 만든 경험이 있다.

그러하였기에 조금 전에도 불의 룬을 넣어 마법진을 그린 것이다.

그래야 자신이 만든 것과 지금 공방에서 만들어진 것의 위력을 비교할 수 있기 때문이다.

파이어 마법이 실행되자 검의 표면에서 불꽃이 일어났다.

블레이드 표면에 새겨진 마법진을 중심으로 마력이 폭발을 하며 나오던 빛이 불꽃으로 변한 것이다.

그런데 블레이드에 피어오른 불꽃의 색은 붉은색이 아니라 주황색으로 보이는 불꽃이었다.

주황색의 불꽃의 붉은색의 불꽃보다 좀 더 온도가 높았다.

즉, 기존 아케인 클랜의 헌터들이 사용하는 파이어 소드의 불꽃은 판매용 파이어 소드보다는 어느 정도 높은 온도를 가지고 있었는데, 지금 만들어진 것은 그보다도 더 높은 온도의 불꽃을 만들어내는 것이었다.

아마도 바람의 룬을 가지고 있어서 그런 듯 보였다.

정진이 기존에 만든 파이어 소드에는 들어가지 않던 바람의 룬이 들어가 있기 때문에 불꽃에 산소가 더 공급이 되다 보니 그런 현상이 벌어지는 것 같았다.

정진은 기존에 가지고 있던 매직 웨폰보다 더욱 성능이 뛰어난 것을 알게 되자 본격적으로 매직 웨폰을 생산하기로 했다.

아케인 아카데미의 공방에서 만들 수 있는 매직 웨폰의 성능이 클랜에서 생산하고 있는 것에 비해 성능이 향상된 것은 좋은데, 그렇다고 아쉬운 점이 없는 것은 아니었다.

그것은 바로 원거리 무기가 없다는 것이었다.

검과 칼, 메이스나 모닝스타 같은 근거리 타격 무기는 있는데, 활이나 크로스 보우 같은 원거리에서 공격하는 무기가 없었다.

정진은 이 점이 무척이나 아쉬운 마음이 들지 않을 수 없었다.

사실 근거리 매직 웨폰이 많이 팔리고 있기는 하지만, 그래도 헌터들이 가장 선호하는 것은 위험한 몬스터를 원거리에서 먼저 보고 공격할 수 있는 활이나 크로스 보우 같은 원거리 무기였다.

그런데 제라드가 만들어준 매직 웨폰 공방에는 이런 원거리 무기가 없었다.

하지만 그 부분은 정진이 알지 못하는 점이 있었다.

그것은 바로 제라드가 활동을 하던 아케인 제국 시절이

나, 아케인 제국이 멸망하고 세월이 지나 뉴 어스에 새로운 문명이 발생해 살폈을 당시의 원거리 무기는 지구의 것처럼 강력한 것이 없었다.

활이나 정령을 활용하는 이종족에게는 강력한 원거리 무기가 있기는 했지만, 마도사인 제라드가 보기에 마법에 비해 한참이나 모자란 위력이었다.

어차피 매직 웨폰을 들고 있는 가드는 마법사가 마법을 시전하는 동안 방해를 받지 않게 무방비가 된 마법사를 보호하는 임무를 가진 자로서 마법사를 보호하는 임무이니 굳이 원거리 무기는 필요가 없다고 생각한 것이다.

그러니 제라드가 정진을 위해 만들어준 공방의 마도구에는 원거리 무기를 생산하는 매뉴얼이 없는 것이 당연했다.

만약 현대의 헌터들의 무기 체계를 제라드가 알았다면 원거리 무기를 매뉴얼에 넣었을지도 모르겠지만, 그를 알지 못했던 제라드로 인해 매뉴얼은 한정될 수밖에 없었다.

"원거리 무기 매뉴얼이 없다는 것이 아쉽기는 하지만, 그래도 이게 어디야?"

같은 재료를 가지고 이렇게 향상된 무기를 생산하면서도 고생은 덜하고, 더욱 빠른 시간에 매직 웨폰을 만들 수 있게 되었다는 점을 상기하며, 정진은 애써 아쉬운 마음을 접고 만들어진 매직 웨폰을 들어보았다.

† † †

오랜만에 아케인 빌딩에 아케인 클랜의 원년 멤버들이 모였다.

클랜장인 정진을 비롯해 부클랜장인 이정진, 그리고 강현성과 진성 형제, 김지웅과 류재욱까지 모두 한 자리에 모였다.

"이게 공방에서 만들어진 매직 웨폰이냐?"

이정진은 정진이 들고 온 검 한 자루를 들어 자세히 살펴보기 시작했다.

"음……."

이리저리 모양을 살피고, 또 검의 무게를 가늠하며 꼼꼼히 보았다.

자신의 주력 무기는 아니지만, 그래도 이제는 무기술이 어느 정도 경지에 들다 보니 어느 정도 다루는 것에 지장은 없었다.

"괜찮군."

"형님! 저도 한 번 보게 줘보세요."

이정진이 들고 있던 검을 테이블에 내려놓으며 말하자 맞은편에 앉아 있던 김지웅이 테이블에 검을 내려놓기 무섭게 말했다.

스윽!

자신의 앞에 놓인 검을 들어 올린 김지웅은 눈빛을 반짝이며 자세히 검을 살펴보았다.

"어? 이건 바람의 룬이 한 자 더 들어가 있네?"

정진과 함께 것이 벌써 수년이나 되었기에, 마법에 관해서 자세히 알지는 못하지만 그래도 지금 들고 있는 검에 그려진 마법진에 들어간 룬 문자를 어느 정도는 알아볼 수 있었다. 그렇기에 자신이 가지고 있는 검과 지금 들고 있는 검에 들어간 마법진의 차이를 금방 알 수 있었다.

자신의 주력 무기가 아니기에 이정진은 검을 자세히 살펴보지 않고 그저 검의 균형과 무게, 그리고 검 손잡이의 그립 감을 확인하는 것에 주력했기에 이런 사항을 미처 발견하지 못했다.

하지만 한손 검이 주력 무기인 지웅은 그렇지 않았다.

이번에 새롭게 무기를 교체하기로 한 것을 알고 있기 때문에 이젠 자신의 애병이 될지도 모르는 물건을 보다 꼼꼼히 살핀 것이다.

"예, 같은 룬을 여러 개 중첩을 해도 마법의 위력이 올라가지만, 그보다는 상성이 맞는 룬을 조합하면 더 뛰어난 효과를 볼 수 있습니다. 그래서 마법진에 들어가는 룬을 조합해 본 것입니다."

"그래?"

정진의 설명을 들은 김지웅은 들고 있는 검의 마법진에 마력을 집어넣고 활성화시켜 보았다.

"파이어!"

시동어와 함께 마법진에 마력이 들어가자, 블레이드에 주황색 불꽃이 일기 시작했다.

휘이익, 휘이익!

블레이드 주변에 피어 오른 불꽃은 그저 불타오르는 정도가 아니라, 바람 빠지는 소리와 함께 빠르게 블레이드 주변을 휘돌았다.

그것만 봐도 자신이 가지고 있는 매직 웨폰보다 위압감을 느끼게 하는 뭔가가 있었다.

"불꽃의 색이 다른데?"

"예, 그게 바로 바람의 룬을 넣은 효과입니다."

정진은 김지웅의 말에 기존의 매직 웨폰과 지금 들고 있는 매직 웨폰의 차이를 설명했다.

"형님들도 불꽃의 색에 따라 불의 온도가 다르다는 것은 알고 계시죠?"

그러한 사실은 중학교만 나와도 알 수 있는 이야기였기에 정진은 짧게 언급하고 계속해서 설명을 이었다.

"파이어 마법의 위력이 상승함으로써 불꽃의 온도 또한 올라갔으니, 이전의 파이어 소드보다 강력한 위력을 발휘할 겁니다."

정진의 말에 자리에 있는 사람들 모두 고개를 끄덕였다.

확실히 이전보다 불꽃의 온도가 상승했으니 그 위력 또한 상승할 것이다.

같은 마력을 사용하고도 보다 강력한 위력을 발휘한다는 것은 다시 말하면 이전보다 몬스터 사냥의 시간이 줄어든다는 말과 일맥상통하는 말이었다.

그 말은 다르게 표현을 하면 사냥의 효율이 올라가고, 보다 많은 몬스터를 잡는다는 의미로 여겨질 수도 있지만, 몬스터 사냥의 시간이 줄어든다는 것은 그만큼 헌터의 생존률이 올라간다는 말과도 같은 소리였다.

아무리 헌터들의 실력이 많이 향상되었다고 하지만 그래도 아직까지 몬스터는 인간에게 무척이나 위험한 존재다.

그것은 실력이 무섭게 향상된 아케인의 헌터들이라 해도 적용되는 말이다.

더욱이 앞으로는 헌터 양성소에서 보다 많은 헌터들의 실력을 향상시켜 배출할 것이다.

그렇게 되면 기존의 사냥터로는 더 이상 헌터들을 감당할 수 없게 된다.

기존의 사냥터만 고수하다가는 분쟁이 일어날 수도 있기에 상위 클랜들의 경우 소규모 클랜이나 헌팅 팀과 경쟁을 하는 것이 아닌, 새롭게 사냥터를 개척해야 할 시기인 것이다.

만약 그렇지 않고 기존의 사냥터만 고수하면서 소규모 클랜이나 헌팅 팀과 마찰을 일으키다보면 평판이 나빠질 수 있다.

물론 평판을 신경 쓰지 않고 몬스터를 사냥할 수도 있겠지만, 어찌 되었든 기존보다 수입 측면에서 타격을 입을 수도 있기에 어느 정도 규모가 있는 헌터 클랜이나 상위 등급을 가진 헌터들의 경우 사냥터를 변경할 필요가 있었다.

더욱이 아케인 클랜에서 소속 헌터들이 가지고 있는 매직 웨폰을 교체하고 기존의 것이 판매가 된다면, 그 속도는 더욱 가속화될 것이다.

그러니 아케인 클랜에서도 다른 헌터들과 마찰을 하며 나쁜 평판을 듣기보단 이제 새로운 사냥터를 개척할 필요가 있었다.

그런 상황에서 보다 강력한 무기를 가질 수 있다면 확실히 헌터들의 생존에 도움이 될 것이다.

물론 아직 아케인 클랜이 독점하다시피 하고 있는 영원의 숲에 들어가 사냥을 하려는 헌터는 아직 많지 않지만, 시간이 지날수록 영원의 숲에 서식하는 몬스터를 사냥할 수 있는 헌터가 늘어나면 어떻게 바뀔지 모른다.

더욱이 영원의 숲 바로 앞에 아케인 클랜의 쉘터가 자리하고 있으니 보급을 하기도 편하고, 그러니 그 시간이 더욱 줄어들 수도 있었다.

그래서 정진은 이번에 클랜의 헌터들의 무기 교체를 하면서 활동 영역을 넓힐 계획이었다.

아직까진 시간적 여유가 있다고 하지만 다른 클랜의 헌터나 고위 헌터들이 영원의 숲의 몬스터에 대한 비밀을 알게 된 뒤에는 늦기에, 한발 앞서 나가기 위해서 먼저 움직일 생각이었다.

또한 보급도 흰머리 산 쉘터가 있으니, 이전보다 쉽게 새로운 지역으로 진출할 수 있을 것이기에 정진으로서는 이번 기회를 놓치고 싶지 않아 새롭게 만든 매직 웨폰을 간부들에게 선보이면서 이런 문제도 같이 회의하기 위해 원년 멤버를 소집한 것이다.

김지웅이 자신의 주력 무기인 한손 검을 살피고 있을 때, 강현성은 다른 것을 보고 있었다.

그가 보고 있는 것은 아머였다.

정진이 이번에 만들어진 매직 웨폰과 함께 아머도 가져왔다는 것은 아머도 매직 웨폰처럼 기존의 것보다 성능이 향상되었을 것이라 생각했기 때문이다.

다른 사람들과 다르게 강현성의 경우엔 몬스터 헌팅을 할 때의 포지션이 바로 몬스터의 공격을 받아내는 탱커였기에, 무기보다는 방어구가 더욱 중요했다. 그래서 그는 다른 사람들이 무기를 살피고 있을 때 방어구인 아머를 살펴보고 있었다.

탱커인 그에게 아머와 방패는 생명과 직결된 것이라 꼼꼼히 살펴봤는데, 워래 아머는 검이나 칼 같이 마법진을 새길 공간이 협소한 것이 아니라 무척이나 넓기 때문인지 무기보다 더욱 커다란 마법진이 새겨져 있다.

기존 매직 웨폰이 3클래스에 해당하는 마법 룬 세 개를 마법진에 그려 넣었다면, 아머는 정진이 마법진을 인챈트할 수 있는 한계인 5클래스에 해당하는 다섯 개를 그려 넣었다.

물론 그만큼 만들기 힘들기 때문에 매직 아머는 아직까지 아케인 클랜에서만 사용하고 있고, 외부에는 판매를 하지 않고 있는 중이다.

하지만 이것도 공방에서 아머를 만들게 되면 외부에 판매를 할 생각이다.

그렇지만 아케인 클랜 소속 헌터들이 사용하던 것처럼 5중첩 룬을 새긴 아머가 아닌, 3중첩이나 4중첩 정도의 룬을 새긴 다운 그레이드가 된 매직 아머를 판매할 것이다.

물론 새롭게 클랜에 보급되는 아머는 마법 룬이 다섯 개 들어간 5중첩 아머였다.

깨달음을 얻어 초월자가 된 제라드에게 인챈트할 수 있는 클래스의 제한이란 없었지만, 제라드는 마도구에 그리 높은 마법진을 넣지 않았다.

그건 자칫 마법사를 위험에 빠뜨릴 수 있기 때문이다.

5중첩, 그러니까 5클래스의 매직 아머를 착용하게 된다면 4클래스 이하의 마법에 직격당하더라도 피해를 입지 않는다.

물론 마법을 막기 위해 마력을 소모하게 되겠지만, 어찌 되었든 4클래스 이하의 마법에 피해를 입지 않는 것이 중요하다.

그리고 5클래스 마법은 80%까지 대미지를 상쇄할 수 있다.

그렇게 된다면 아머에 있는 마력을 소모하여 마법진이 활성화되지 않겠지만, 마법진의 원동력인 마나석이나 마정석을 교체하면 되는 문제이니 결국 5클래스의 마법에 20% 정도만 대미지를 입는다는 소리다.

그러나 경우에 따라 다르겠지만, 매직 아머를 입고 있는 가드가 마법에 직격당하는 일은 그리 흔치 않을 뿐만 아니라, 매직 아머와 매직 웨폰으로 무장을 한 가드들이 만약 마법사에 반기를 들게 된다면 수적인 열세에 놓인 마법사가 무척이나 위험한 상황에 직면하게 될 것이다.

그러니 제라드는 5클래스 이상의 마법이 인챈트된 매직 아머를 만들 생각을 하지 않은 것이다.

더욱이 현재 마법사라고는 제자인 정진이 유일한 존재이지 않은가. 아케인 제국의 마도를 계승하여 퍼뜨려야 할 막중한 임무를 수행할 정진에게 작은 도움을 주기 위해 만든 것이 자칫 제자를 위험에 처하게 한다면 이 어찌 통탄할 일이 아니겠는가. 그래서 일부러 5클래스까지만 인챈트할 수 있게 마도구를 설계한 것이다.

강현성은 아머를 살피다 마법진에 들어간 룬을 확인하고 기존의 것과 차이가 없다는 것을 깨닫고는 실망했다.

"아머는 별로 바뀐 것이 없네?"

기존에 자신들이 입고 있는 것도 5중첩의 것인데, 정진이 가져온 것도 5중첩이니 그런 반응을 보일 만했다.

"예, 아머는 최대 5클래스까지만 마법진을 새길 수 있었습니다."

"무기는 보다 마법진이 향상되었는데, 아머는 그렇지 못하네?"

"네, 하지만 실망할 것 없습니다. 비록 동일한 클래스라고 하지만 마법진이 기존의 것보다 더 효율이 좋은 것이기에 기존의 것보단 성능도 향상되고, 마법진에 들어가는 마력의 양이 줄었습니다."

같은 클래스의 마법이라도 저 클래스 마법사가 펼치는 것과 고 클래스의 마도사가 시전하는 마법의 위력이 다르듯, 자신이 5클래스일 때 설계한 마법진으로 만든 아머와, 9클래스를 초월해 초월자가 된 제라드가 설계한 5클래스의 마법진이 같을 수는 없었다.

이러한 설명을 하자 실망을 하던 강현성의 표정이 살짝 풀렸다.

확실히 같은 물건을 만들더라도 장인이 만든 것과 초심자가 만든 것은 품질에 차이가 있을 수밖에 없는 사실이기에 강현성이나 다른 간부들도 고개를 끄덕였다.

"그럼 이것들을 헌터의 숫자에 맞게 교체를 하려면 얼마나 걸릴 것 같아?"

이정진은 정진을 보며 물었다.

"일단 클랜 소속 헌터들의 장비 교체만 생각하면 한 달 정도면 무기와 아머 모두 교체를 할 수 있을 것입니다."

"한 달이라⋯⋯."

정진의 대답을 들은 이정진은 잠시 뭔가를 고심하는 듯 중얼거리다가 생각에 잠겼다.

그런 이정진의 모습을 본 정진과 간부들은 조용히 그가 생각을 끝내길 기다렸다.

무엇 때문에 고심을 하는 것인지 알지 못하니 묵묵히 기다리는 것이다.

†   †   †

쾅!

"이얍!"

자이언트 록 크랩. 일명 바위게. 최정한은 커다란 기합 소리를 내며 녀석의 집게발을 피한 다음 관절을 공격했다.

챙!

하지만 약점인 관절 부위를 공격해도 바위게의 외골격은 너무도 단단해 별다른 피해를 주지 못했다.

"젠장!"

회심의 일격이 제대로 관절에 들어가지 않고 약간 바깥쪽에 들어가는 바람에 별다른 피해를 주지 못하자, 그는 화가 나는지 작게 소리쳤다.

"피해!"

최정한이 공격을 실패한 것에 투덜거리고 있을 때, 뒤에서 다급한 소리가 들렸다.

"이런!"

경고를 들은 최정한은 망설임 없이 오른쪽으로 몸을 날렸다.

휘익— 쿵!

최정한이 몸을 날림과 동시에 그가 서 있던 곳으로 바위게의 남은 집게발이 떨어졌다.

만약 뒤에서 들린 경고음을 들었을 때 곧바로 몸을 던지지 않고 상황을 파악하기 위해 주변을 살피려 했다면, 바위게의 공격에 피떡이 되었을 것이다.

하지만 그는 6급 헌터로서 경력이 6년이나 되는 베테랑인지라 당황하지 않고 몸을 피할 수 있었다.

쾅!

최정한이 바위게의 공격을 피해 자리를 뜨자, 무언가 뒤에서 날아와 바위게와 부딪혔다.

그러더니 바위게와 부딪힌 것은 커다란 폭음 소리와 함께 바위게의 집게발 하나를 얼려버렸다.

쯔즈! 쯔즈!

집게발 하나가 몸통과 연결된 관절 부위에서부터 얼기 시작하자 바위게는 비명을 지르는 듯 굉음을 냈다.

쾅! 쾅!

바위게가 공격을 받고 비명을 지르는 틈을 놓치지 않고

연이어 먼 곳에서 검은 그림자가 날아와 바위게의 몸통을 사정없이 두들겼다.

"야! 마법 화살은 아무데나 맞추지 말고 관절에만 맞춰!"

사냥 팀의 리더는 값비싼 매직 볼트를 쓰는 원거리 딜러들에게 외쳤다.

하지만 그게 어디 말처럼 쉬운 일인가. 팀의 원거리 딜러들도 리더의 말처럼 그러고 싶지만, 움직이는 타깃의 약점에 맞히기란 쉬운 일이 아니었다.

"창선아! 대검 던져라!"

탱커가 바위게의 시선을 끌고 있을 때, 잠시 바위게의 공격을 회피하던 최정한은 지금 들고 있는 한손 검으로는 단단한 바위게의 외골격을 도저히 뚫을 수 없다고 판단하고 중병인 대검을 달라고 요청했다.

"알겠습니다. 받으세요!"

창선은 최정한의 말에 들고 있던 대검을 힘껏 던졌다.

휘익— 턱!

바위게를 사냥하다가 힘이 다해 뒤로 물러나 있던 창선이 던진 대검을 받은 최정한은 탱커를 주시하고 있는 바위게의 오른쪽을 돌아 기회를 엿보기 시작했다.

쿵! 쿵!

바위게는 탱커를 향해 연신 집게발로 공격을 하고 있었는데, 다행히 조금 전 매직 볼트의 공격을 받았기 때문인지 한쪽 집게발이 얼어붙어 집게발 하나의 공격만 막으면 되기 때문에 아까보단 편하게 방어를 하고 있었다.

하지만 얼어붙은 집게발이 언제 다시 움직일 수 있을지는 모르는 일이기에 긴장을 놓을 수가 없었다.

타다닥!

바위게의 오른쪽으로 돌며 기회를 엿보던 최정한은 어느 순간 바위게의 몸통이 낮아짐과 동시에 얼른 뛰어올라 등딱지를 달렸다.

"하압!"

지름이 5m나 되는 커다란 바위게의 등딱지를 달리던 최정한은 기합과 함께 힘껏 뛰어올라 바위게의 왼쪽 집게발과 연결된 부위를 내리쳤다.

쾅!

끼에에!

조금 전에 한손 검을 휘둘렀을 때와는 다른 묵직한 충돌음이 들리고, 연이어 바위게의 비명 소리가 들렸다.

지금 최정한의 손에 들린 것은 가벼운 한손 검이 아닌, 무게만 15kg에 달하는 대검이었다.

단단한 바위게의 외골격이도 더는 버티지 못하고 깊은 상처를 입게 되었다.

"이익!"

커다란 부상을 입히긴 했지만 집게발을 자르지 못한 대검은 관절과 바위게의 등딱지 사이에 끼어버리고 말았다. 그는 최대한 힘을 주어 대검을 뽑으려 했지만, 여의치 않았다.

끼이익! 끼이익!

쯔즈! 쯔즈즈!

최정한이 대검을 상처 부위에서 빼려고 할 때마다 고통이 느껴지는지 바위게는 비명과 함께 몸부림을 쳤다. 그러자 그 위에 있던 최정한은 어떻게든 중심을 잡기 위해 노력했다.

"어어?"

"야! 그냥 뛰어내려!"

최정한이 바위게의 등딱지 위에서 당혹스런 비명을 지르며 난감해 하자, 리더가 불안했는지 최정한에게 외쳤지만, 최정한은 결코 그냥 내려갈 수 없었다.

"아니에요. 어떻게 올라왔는데 성과도 없이 그냥 내려가요? 이놈이 요동치지 못하게 견제 좀 해주세요."

바위게를 잡기 위해선 몇 가지 방법이 있는데, 첫 번째는 약점인 배 부분을 공격하는 것이다.

하지만 바위게는 위협을 느끼면 몸통을 땅바닥에 대고 기다란 집게발과 다리로 주변을 공격하기에 그건 쉬운 방법이 아니었다.

그리고 두 번째 방법은 지금처럼 한 사람이 바위게의 시선을 끌고, 다른 사람은 바위게의 등딱지 위로 올라가 주된 공격 수단인 집게발과 다리 관절을 하나하나씩 제거하는 방법이었다.

이렇게 모든 다리를 제거한 다음에 최종적으로 바위게를 뒤집어 상대적으로 약한 배를 공격해 죽이는 방식이었다.

헌터들은 대체로 이 두 번째 방법을 사용하는데, 첫 번째 방법을 사용하려면 1t이 넘는 바위게의 무게를 견딜 수 있는 장비를 가지고 있거나, 아니면 바위게가 주저앉기 전에 바위게의 숨통을 끊어놓을 수 있는 실력이 있어야 한다.

그렇지 못할 경우 바위게의 무게에 눌려 압사를 당할 수 있기 때문이다.

고집스럽게 흔들리는 바위게의 등딱지 위에서 버티던 최정한은 잠시 바위게가 요동을 멈춘 찰나 관절에 박힌 대검을 빼내는 것에 성공함과 동시에 마저 관절을 끊어버렸다.

쾅!

꽈득!

끼에!

최정한이 바위게의 왼쪽 집게발을 끊어놓는 순간, 얼어

있던 바위게의 오른쪽 집게발의 얼음이 깨지고 움직이기 시작했다.

"오른쪽 집게발 온다! 엎드려!"

바위게의 시선을 끌며 주시하고 있던 리더는 집게발의 얼음이 깨지는 순간 전방에 있던 탱커에게 빠르게 경고했다.

전방에서 시선을 끌며 바위게를 주시하고 있던 탱커는 얼른 바닥에 누워버렸다.

휘익!

사악!

수평으로 날아오던 바위게의 집게발은 날카로운 바람 가르는 소리를 내며 탱커의 얼굴 위로 지나갔다.

만약 리더의 말이 떨어지기 무섭게 한 치의 망설임도 없이 곧바로 뒤로 눕지 않았다면, 그는 바위게의 집게발에 걸려 허리가 절단되었을 것이다.

하지만 그가 재치 있게 뒤로 누운 덕분에 바위게의 회심의 일격은 수포로 돌아가 버렸다.

쾅! 쾅!

털썩!

탱커의 귀에 연이은 충돌 음이 들리고, 뭔가가 바닥에 떨어지는 소리가 들렸다.

바위게의 공격을 피하기 위해 누워 있던 탱커가 몸을 굴려 바위게의 공격 범위에서 벗어나며 몸을 일으키자, 그의 눈에 집게발이 모두 떨어진 바위게의 모습이 눈에 들어왔다.

"얼마 남지 않았다. 모두 공격!"

바위게의 주공격 수단인 집게발이 모두 떨어지자 리더는 뒤로 물러나 있던 근접 공격수들에게 공격 명령을 내렸다.

실력이 떨어져 바위게를 공격하지 않고 뒤로 물러나 있던 근접 공격수들은 리더의 명령이 떨어지기 무섭게 일제히 달려들었다.

바위게는 사실 두 개의 집게발만 아니면 그리 위험한 몬스터가 아니기 때문에 실력이 조금 떨어지는 헌터도 집게발만 없다면 충분히 잡을 수 있는 몬스터다.

그렇게 집게발이 떨어진 바위게는 다섯 명의 근접 공격수들이 모두 달려들자 금방 숨을 거뒀다.

"중급이다."

"와!"

"대박이다."

리더가 죽은 바위게를 뒤집고 배를 가른 뒤 마정석을 채취했는데, 운이 좋은지 방금 잡은 바위게의 몸에서 중급의 마정석이 나왔다.

원래 바위게는 하급이나 하급 중에서 중간인 하중 정도의 마정석이 나오는데, 이번에는 운이 좋은지 완전한 중급의 마정석이 나온 것이다.

사실 하상급 마정석도 가끔 나오긴 하는데, 중급은 정말로 보기 드문 케이스였다.

"형님, 이대론 안 되겠습니다."

바위게의 집게발을 자르던 대검을 원래 주인인 창선에게 돌려준 최정한은 마정석을 채취하고 싱글벙글하고 있던 리더에게 다가가서 말했다.

"왜?"

"조금 전에 보셨잖아요. 전에 약속한 대로 이번에는 매직 웨폰 꼭 사주세요."

최정한은 조금 전 바위게를 사냥하다 하마터면 죽을 뻔한 상황을 상기시켰다.

만약 들고 있던 한손 검이 매직 웨폰이었다면 그렇게 허무하게 튕겨 나오지 않았을 것이었다.

"야! 그게 얼마짜린데 그걸 사달라고 하냐?"

"약속하셨잖아요. 그리고 매직 웨폰이었다면 금방 잡았을 겁니다. 형님, 우리도 이참에 무기 좀 업그레이드 합시다. 아직까지 일반 무기 사용하는 사냥 파티는 저희뿐일 겁니다."

최정한은 돈 때문에 뒤로 빼는 리더를 보며 못마땅하다는 듯이 말을 했다.

그때, 최정한과 리더가 대화를 하는 모습을 보던 창선이 대화에 끼어들었다.

"형님! 무기만 장만할 것이 아니라 이번 기회에 저희도 아케인 클랜이 운영하는 헌터 양성소에 들어가 수련을 해보는 것이 어떻겠습니까?"

"헌터 양성소?"

창선이 갑자기 헌터 양성소를 언급하자 최정한이 고개를 갸웃거리며 물었다.

"예, 아케인 클랜에서 헌터 양성소를 오픈했다고 합니다."

"그래? 그런데 우리도 모두 헌터 교습소를 나오지 않았냐? 그리고 나나 리더 형 같은 경우 헌터 등급이 6급이다. 그리고 다른 사람들도 7~8급 정도인데, 굳이 다시 헌터 교육을 받을 필요 있겠냐? 아무리 아케인 클랜이 3대 클랜이라고 하지만……."

최정한은 말을 하다 말고 뒷말을 흐렸다.

자신이나 이 파티의 리더인 김주성의 경우 헌터 등급이 6등급이었다.

굳이 다시 헌터 교육을 받으러 가야 할 필요성을 느끼지 못한 것이다.

"형님이 잘 모르셔서 그렇게 말씀하시는 겁니다. 아케인 클랜의 헌터 양성소에 들어가면 헌터 등급을 올릴 수 있다고 해요. 그리고 조금 더 수강료를 주면 무기술도 가르쳐 준데요."

"그건 또 무슨 소리야? 헌터 등급을 올려? 돈을 더 내면 무기술도 가르쳐 줘?"

이야기를 듣고 있던 김주성은 창선의 말에 고개를 갸웃거렸다.

"그러니까, 아케인 클랜의 헌터들이 그렇게 강한 것이 다 거기 클랜장이 알게 된 고대 뉴 어스의 비전을 클랜원들에게 알려줘서 그런 거래요. 그리고 이제 그 비전을 외부에 공개한다고 합니다."

창선은 아케인 클랜에 소속되어 있는 친구에게 간략하게 들은 헌터 양성소 이야기를 김주성과 최정한에게 들려주었다.

그리고 그 이야기는 주변에 있던 다른 헌터들에게도 들렸기에 모든 사람들의 시선이 리더인 김주성에게로 쏠렸다.

"음, 그래 결정했다. 창선이 말이 사실이라면, 벌어 놓은 것도 있으니 이참에 우리 한 번 창선이가 말한 그 헌터 양성소에 가보자!"

"와!"

리더인 김주성의 결정에 창선과 헌터들이 환호성을 질렀다.

"형님! 제 매직 웨폰도 사주실 거죠?"

최정한은 이때다 싶어 얼른 자신이 원하는 매직 웨폰도 사달라고 했다.

"그건 생각 좀 해보자! 지금이 좀 빠듯할 것 같다."

김주성은 최정한의 말에 미안하다는 얼굴로 말을 했다.

솔직히 김주성은 이번 사냥이 끝나면 파티원들의 무기를 매직 웨폰으로 업그레이드해 줄 계획이었다.

그런데 중간에 창선의 이야기를 듣고 나니, 무기 업그레이드보다는 헌터 양성소 입소로 방향을 틀게 되었다.

무기는 지금도 그럭저럭 사용할 만하지만, 헌터 등급이 오른다면 그건 다른 문제였다.

헌터 등급은 오르면 오를수록 혜택이 있기 때문이다.

그게 무슨 말이냐 하면, 헌터 등급이 오른다는 것은 그만큼 뉴 어스에서 몬스터를 많이 잡았다는 소리가 되고, 다르게 표현하자면 국가 경제에 이바지하였다고 인정을 받아 게이트 비용이라던가, 아니면 쉘터의 이용 금액을 낮춰준다던가 하는 혜택이 주어졌다.

그러니 김주성은 무기 교체보다는 헌터의 등급을 올릴 수 있는 방법을 취하려 하는 것이었다.

Chapter 5

불길한 조짐

아케인 클랜 소속 헌터들은 1주일을 주기로 100명씩 비밀 장소로 이동하며 수련을 하고 나왔다.

그렇게 수련을 마친 아케인 클랜의 헌터들은 실력이 일취월장하였으며, 변화는 그들의 내적 강함뿐만 아니라 그들의 장비, 즉 장구류도 포함되었다.

예전에 착용하던 매직 웨폰이나 매직 아머도 훌륭한 장비였지만, 새롭게 지급받은 장구류는 이전의 것보다 월등히 뛰어난 것들이라 아카데미를 수료하는 헌터들에게 큰 기쁨을 주었다.

원래 클랜장인 정진이나 부클랜장이 이정진 등 간부들은 그런 생각을 하지 않았었다.

굳이 아케인 쉘터로 장구류를 옮겨 헌터들에게 나눠주는 것보단 아카데미에서 수련을 끝내고 나올 때 바로 지급하는 것이 일을 두 번 하지 않는 일이란 것을 뒤늦게 깨닫고 계획을 수정한 것뿐인데, 클랜 소속 헌터들은 다르게 받아들였다.

그들은 아카데미를 수료한 증표가 바로 새로운 장비를 지급 받는 것이라 생각했다.

엉뚱한 오해를 하는 헌터들에게 진실을 알려주려 하였으나, 이정진의 만류로 그냥 두기로 했다.

그런 오해를 한다고 해서 그다지 나쁠 것이 없다는 판단을 했기 때문이다.

그리고 실제로 아카데미를 나온 헌터와 아직 아카데미에 입소를 하지 않은 헌터들 사이에 긍정적인 효과가 나타났다.

아카데미를 수료한 이들은 아직 입소를 하지 않은 동료들보다 먼저 상위 라이선스를 취득한 것에 대한 자부심을, 그리고 아직 입소를 하지 못한 헌터들은 아카데미를 수료한 헌터들의 보다 세련된 모습과 강력한 장비를 갖춘 모습을 부러워하며 입소 후 더욱 분발하는 모습을 보였다.

그 때문에 원래 아케인 클랜의 애초 목표였던 한 달 내에 모든 헌터들의 장비 교체를 마치겠다는 계획은 수정될 수밖에 없었다.

계획의 수정에 따라 본래 중고가 된 헌터들의 기존 장비를 엠페러 클랜이나 백화 클랜에 우선적으로 판매한다는 계획도 같이 무산되었다.

다만 헌터 협회를 통해 공지를 해서 1주일에 한 번 수거된 아케인 클랜의 헌터가 사용하던 중고 매직 웨폰과 매직 아머를 판매하겠다는 소식을 전했다.

그리고 그 소식은 아케인 클랜이 대박을 터뜨리게 해줬다.

기존에 판매를 하던 매직 웨폰보다 성능이 월등히 좋은 매직 웨폰과, 파워 슈트와는 비교가 되지 않을 정도로 뛰어난 매직 아머의 등장에 헌터들은 환호했다.

매직 웨폰도 웨폰이지만, 매직 아머의 등장은 헌터들에게 정말로 꿈의 아이템이었다.

판타지 소설에나 등장하는 그런 방어구가 현실로 나타나게 된 것이다.

몬스터가 등장하고 아티팩트가 세상에 나왔다. 그렇게 시간이 흐르면서 어느 순간 매직 웨폰이 등장하더니, 급기야 이젠 매직 아머까지 등장한 것이다.

많은 사람들이 그런 것이 과연 있을까 하고 생각만 할 뿐, 실현은 불가능하다고 생각하던 장비들이 결국 정말로 나오게 된 것이다.

최초로 아티팩트를 선보인 아케인 클랜에서 매직 웨폰과 포션을 판매를 하더니, 급기야 헌터들의 몸을 지킬 매직 아머까지 생산을 한다고 하자 모든 사람이 이제는 그러려니 하며 받아들이는 상황이 되었다.

하지만 받아들이는 것은 받아들이는 것이고, 대중은 이제 아케인 클랜이 3대 클랜의 말단에 속한다고 생각했던 판단을 조심스럽게, 조금씩 수정하기 시작했다. 3대 클랜 중 가장 으뜸으로 말이다.

† † †

쿵쿵쿵.

나무로 된 복도를 걸어오고 있는 여성. 요란한 소리가 그 마음을 대변하듯, 약간 화가 난 듯한 표정으로 그녀는 급히 발걸음을 옮기고 있었다.

"백장미 님. 어서 오십시오."

이곳을 자주 찾는 백장미였기에 그녀를 본 아케인 클랜의 헌터들은 스스럼없이 인사를 하였다.

하지만 무슨 일이 있는 것인지, 평소에 자신에게 인사를 하는 이들에게 반갑게 답례를 하던 것과 다르게 그녀는 잔

뚝 굳은 표정으로 빠른 걸음을 하며 아케인 쉘터에 있는 정진의 사무실을 향해 걸어갔다.

"무슨 일 있으신가?"

평소와는 다른 모습으로 휑 하니 지나가는 백장미의 모습에 인사를 했던 헌터는 벙찐 표정으로 고개를 갸웃거렸다.

그리고 백장미는 어느새 정진의 사무실 앞에 도착했다.

"후우, 후우."

사무실 앞에 선 백장미는 감정을 가라앉히려는 듯 심호흡을 몇 번 하더니, 이윽고 결심을 한 듯 노크를 했다.

똑, 똑, 똑.

아무리 친한 사이라지만 이곳은 자신이 수장으로 있는 백화 클랜이 아니다. 공식적인 동맹인 아케인 클랜의 수장이 있는 자리이고, 그가 집무를 보는 곳이었다.

그렇기에 아무리 감정이 격해지더라도 예의는 지켜야 했다.

"들어오세요."

노크 소리에 문 너머에서 정진의 목소리가 들렸다.

백장미는 정진의 들어오라는 말이 떨어지기 무섭게 문을 열고 안으로 들어갔다.

덜컹!

"어? 누나가 어쩐 일이야? 요즘 무척 바쁘다 하지 않았나?"

안으로 들어오는 사람의 정체를 확인한 정진은 잠시 놀란 목소리로 백장미를 보며 물었다.

"응, 바쁘긴 하지만, 네게 좀 서운한 것이 있어서 찾아왔어!"

백장미는 자신을 향해 밝게 웃으며 질문을 하는 정진을 보며 조금 퉁명스럽게 대답했다.

"응? 내가 무슨 서운한 짓을 했다고 그래?"

백장미의 대답을 들은 정진은 고개를 갸웃거릴 수밖에 없었다.

자신은 백장미에게 잘못한 것이 없는데 무슨 서운한 점이 있다고 하는 것인지 알 수가 없었다.

"정말 네 잘못을 모른단 말이야?"

살짝 삐진 듯 새침한 목소리로 물어보는 백장미다.

이젠 서른도 넘은 여자가 그러는 것이 이상하게 생각될지 모르겠지만, 지금 백장미가 새침하게 말하고 있는 모습은 마치 10대처럼 전혀 이상하게 보이지 않았다.

비록 백장미가 30대에 들어섰지만, 기본적으로 그녀는 동안에 미녀 상을 타고났고, 헌터로써 상당한 수련을 한 덕분에 그녀는 환상적인 매력을 발산하고 있었다.

10대의 상큼함과 20대의 활력, 그리고 30대의 완숙미까지 모두 갖춘 진정한 팜므파탈의 미녀였다.

사실 그런 백장미가 이런 모습을 보이는 것은 흔치 않았다.

대한민국 3대 헌터 클랜 중 하나인 백화 클랜의 수장으로서 그녀는 절대적인 카리스마를 풍기는 사람이기도 했다.

오직 정진 앞에서만 사랑에 빠진 사춘기 소녀처럼 부끄럼을 타서 여러 모습을 보여주는 것이다.

사실 백장미는 매직 아머에 대한 공지를 보고 자신들에게 아무런 언급도 하지 않은 것에 대해 서운함을 느껴서 찾아온 것이었다. 동맹 관계의 입장으로서의 명분과 서운함까지 겹쳐 따질 것처럼 오긴 했지만, 막상 정진의 얼굴을 보니 그런 결심이 무너져 말도 제대로 하지 못하고 있었다.

"그러니까 제가 누나에게 뭘 잘못했는지 설명해 줄래요? 제가 뭘 했는지 생각이 나질 않아요."

정진은 애니메이션 중 하나인 장화신은 고양이에 나오는 불쌍한 고양이처럼 자신을 쳐다보는 백장미의 모습에 심장이 살짝 두근거려 자신도 모르게 존칭을 쓰며 부드럽게 질문했다.

그런 정진의 물음에 백장미는 언제 불쌍한 표정을 지었냐는 듯, 새침하게 말했다.

"흥, 어쩜 그렇게 좋은 것을 우리에게 알리지 않고 너희만 사용할 수 있는 거야? 말로만 동맹, 동맹 하더니! 너무 섭섭해!"

백장미의 말을 들은 정진은 그제야 백장미가 무슨 일로 자신을 찾아온 것인지 깨닫고 미소 지었다.

"하하, 그 일로 찾아온 거야?"

"웃어? 너무한 거 아냐?"

"누나, 너무 섭섭하게 생각하지 마! 사실 누나가 생각할 땐 섭섭할 수도 있겠지만, 매직 웨폰과 포션을 생산하면서 동시에 매직 아머까지 생산하는 건 너무 버거운 일이야."

정진은 백장미가 더 섭섭해 하거나 화내기 전에 얼른 그녀에게 사정을 설명했다.

"그리고 클랜 내에 마법사가 나 말고도 몇 명 있다고 하지만, 그건 나밖에 마법진을 그려 넣을 수 있는 사람이 없어."

정진의 설명이 계속될수록 자신이 너무 오버했다는 것을 깨달은 백장미는 작게 신음을 내뱉었다.

"음……."

"그런데 이번에 스승님께서 날 위해 만들어 주신 것을 찾게 되서 전보다 쉽게 매직 아머를 생산할 수 있는 기반이 마련됐어."

"아, 그렇구나."

"응, 그런데 기존에 내가 만든 건 생각보다 에너지 효율이 많이 떨어지더라고. 그래서 보다 효율적으로 마정석 에너지를 사용할 수 있게 변경한 것으로 교체를 하게 되면서 기존에 사용하던 장비들을 내놓게 된 거야."

"그렇다면 동맹인 우리에게 먼저 알려줬으면 더 좋았잖아!"

사실 이 말이 백장미가 하고 싶은 말이었다.

그런데 정진의 애초 계획도 새로운 장비를 클랜원들에게 지급하면서 기존 장비들은 수거해 동맹인 백화 클랜과 엠페러 클랜에 먼저 구입 의사를 물어보려 한 거였다.

하지만 클랜 내 장비 지금 방법이 변경되면서 그 계획은 취소됐다.

일주일에 100개 정도의 장비만 나오는 것이고, 또 성능이 기존에 판매하던 것보다 뛰어나다고는 하지만 결국 남이 쓰던 중고품이 아닌가. 더욱이 백화나 엠페러 클랜의 헌터들은 재산이 넉넉히 있어서 몇몇을 빼곤 모두 주문 생산을 한 매직 웨폰을 소지하고 있기 때문에 구매 타진을 하지 않은 것이다.

그러한 사실을 모르는 백장미는 단지 섭섭한 마음에 한달음에 정진을 찾아온 것이다.

"그리고 매직 아머는 여성용이 얼마 없어 백화 클랜 같은 경우 구하기도 어렵잖아."

"그래도 알려줬으면 좋잖아!"

어느 정도 정진의 말에 수긍을 하게 된 백장미였지만, 이 대로 그냥 넘어가게 되면 자신이 너무 바보짓을 한 것 같아 살짝 투정을 부렸다.

그런 백장미의 모습에 정진은 다시 한 번 심장이 요동을 쳤다.

7클래스 마도사의 경지에 들어 웬만한 충격에도 부동심을 유지할 수 있는 정신력을 가진 정진이지만, 백장미의 그런 작은 몸짓에 살짝 흔들렸다.

비록 백장미가 정진보다 연상이긴 하지만, 마법을 익히게 되면서 정신력이 일반인을 초월하게 된 정진은 백장미가 전혀 연상이란 생각이 들지 않았다.

아니, 오히려 너무도 귀엽게 느껴질 정도였다.

가끔 톡톡 튀는 행동을 할 때의 백장미는 정말로 사랑스러웠다. 정진은 그녀에게 부드러운 미소를 지으며 대답했다.

"이번에 클랜에 새롭게 보급되는 신형 매직 아머를 누나네 클랜에도 만들어 줄게."

"그게 정말이야?"

백장미는 정진의 말에 놀라 다시 한 번 물었다.

"그래, 어차피 기존의 매직 아머나 신형 매직 아머나 성능은 비슷해. 다만 에너지 효율이 월등해서 기존의 것보다 1.5배 정도 더 오래 사용할 수 있어."

정진의 말을 듣고 있던 백장미는 그 말에 너무 놀라 할 말을 잊었다.

동급이라고 하지만 에너지 효율의 차이가 50%나 개선이 되었다는 것은 놀라운 말이었다.

클랜 내에선 이미 소수로 풀린 여성용 매직 아머를 구입한 뒤 시험을 해본 상태다.

아케인 클랜의 헌터들이 기존에 사용하던 매직 아머는 현재 헌터들이 사용하고 있는 최신형 파워 슈트보다도 최소 두 배나 더 뛰어난 성능을 가지고 있었다.

그리고 파워 슈트는 특수 세라믹 합금으로 몬스터의 공격을 어느 정도 방어를 하고는 있지만, 그건 인간과 비슷한 크기의 소형 몬스터의 공격뿐이다. 중(中)형 이상의 몬스터의 공격에는 안전을 장담할 수 없는 것이다.

그런데 매직 아머는 그렇지 않았다. 무려 중(重)형 몬스터의 공격에도 두 번 정도는 방어를 할 수 있던 것이다.

이는 백장미 본인이 경험한 일이기에 더 잘 알 수 있었다.

백화 클랜은 헌터 협회가 주관하는 경매에 나온 매직 아머 중에 겨우 한 벌을 낙찰받았다.

돈만 있다면 무조건 낙찰받을 수 있는 기존의 방식의 경매였다면, 너무도 치열한 경매 양상으로 다른 헌터나 단체에 뺏겼을 지도 몰랐다.

하지만 헌터 협회에서 이번 아케인 클랜의 중고 장비의 경매는 철저하게 사용자에 한한 경매 참가 원칙을 고수하였기에, 여성용으로 제작된 매직 아머를 다른 클랜에 뺏기지 않고 백화 클랜에서 구입할 수 있었다.

클랜장인 백장미는 실험을 겸해 본인이 우선 착용하기로 하고 몬스터 사냥을 나섰다.

그런데 처음으로 매직 아머를 착용해 본 백장미는 매직 아머에서 전해지는 힘에 취해 그만 실수를 하고 말았다.

헌터 세계에서 방심의 대가는 혹독하였는데, 다행히 매직 아머를 착용하고 있어 오거의 기습적인 몽둥이 공격을 자동으로 작동한 배리어 마법으로 막아낼 수 있었다. 매직 아머로 인한 실수를 매직 아머가 상쇄해 준 것이다.

만약 한 방향만 막을 수 있는 실드 마법이었다면, 오거의 공격을 막을 수는 있었겠지만 몽둥이에 실린 파워에 밀려 날아갔을 것이다. 그랬다면 날아가다가 땅이나 장애물과 부딪혀 큰 충격을 받아 다쳤겠지만, 매직 아머에 그려진 마법은 실드의 상위 마법인 배리어이기 때문에 별다른 충격을 받지 않았다.

배리어 마법은 실드 마법보다 두 단계나 높은 5클래스의 마법이다.

3클래스의 실드 마법 위에 4클래스의 그레이트 실드, 그리고 5클래스는 배리어 마법으로 실드와 그레이트 실드 마법이 단방향을 막아내는 마법이라면, 배리어 마법은 전 방향을 막는 막이었다. 마치 보호막으로 둘러싸인 형태이기에 충격은 사방으로 흩어지고, 그 안에 있던 시전자는 아무런 충격을 받지 않는 것이다.

다만 마법 자체가 5클래스이기 때문에 매직 아머에 들어 있는 마정석으로는 두 번까지가 한계였다.

그것도 매직 아머 착용자의 생체 에너지까지 일부 사용하기에 두 번까지 방어가 가능한 것이지, 만약 일반인이었다면 한 번으로 끝이었을 것이다.

당시 백장미는 이 두 번의 기회를 모두 사용하고 말았다.

그나마 다행이라면 오거의 몽둥이가 두 번째 내려쳐질 때, 정신을 차리고 공격 뒤 빈틈을 보인 오거를 죽여 위기를 모면했다.

막상 매직 아머를 경험하게 되자 백상미는 아케인 클랜의 매직 아머에 계속해서 갈증을 느끼게 되었다.

어렵게 구한 매직 아머는 자신의 방심으로 인해 기능을 상실하게 만들었고, 언제 다시 구할 수 있을지 모르게 되자 급한 마음이 들었다.

그리고 하나뿐인 매직 아머의 성능을 제대로 파악하기도 전에 날려먹었으니, 비록 자신이 클랜장이라고는 하지만 클랜원들을 볼 면목이 없기도 했다. 그런데 지금 자신을 위해 신형 매직 아머를, 그것도 에너지 효율이 1.5배나 향상된 신형을 판매해 주겠다는데 감동하지 않을 수가 없었다.

"정진아, 사랑해!"

격한 감정을 주체하지 못한 백장미는 정진의 품에 뛰어들며 말했다. 그 말이 자신의 클랜에 신형 매직 아머를 판매해줘서 고마운 감정으로 인한 것인지, 아니면 여자로서 정진을 사랑한다는 것인지는 백장미만이 정확하게 알 일이었다.

"으응, 그래!"

백장미의 말에 정진은 살짝 당황하며 자신의 품에 뛰어든 그녀를 안으며 대답했다.

그동안 오랜 시간을 알아온 두 사람이지만 정진이 의외로 이런 쪽에는 무척이나 둔해 백장미의 심리를 바로 깨닫지 못했는데, 이제야 작은 변화의 조짐이 일기 시작했다.

†   †   †

　정진이 백장미에게 신형 매직 아머를 만들어 주겠다는 약속을 하고 정확하게 1주일 뒤, 1차적으로 50세트가 백화 클랜에 납품되었고, 2주 후에 남은 50세트를 추가로 납품하기로 하였다.

　총원 2천 명이 넘어가는 백화 클랜에서 겨우 100세트만 주문을 한 것이 이상하게 보일 수도 있지만, 일단 아머드 기어를 주력으로 사용하고 있는 백화 클랜은 아직 매직 아머를 사용할 수 있는 인원이 그리 많지 않았다.

　그래서 우선 간부들 위주로 매직 아머를 지급할 생각으로 100세트를 주문한 것이다.

　그리고 백화 클랜이 아무리 아머드 기어를 주력으로 삼고 있다고 하지만 아머드 기어를 보조할 헌터도 필요한데, 이 보조 인원들의 안전을 위한 시범적 케이스로 매직 아머를 소량 구매했다.

　몬스터 사냥을 아머드 기어로 하기에 굳이 보조 인원에 대한 안전을 위해 값비싼 매직 아머를 구입할 필요가 있냐는 문제가 나올 수도 있다.

　하지만 그 인원의 안전을 위해 아머드 기어를 2~3기 빼는 것보단, 매직 아머를 지급해 자체적으로 안전을 도모하게 하고 아머드 기어는 사냥에 주력하게 하는 것이 더욱 효과적일 수도 있다고 판단하여 일단 시범적으로 두세 팀 운용을 해보고 효과가 있다고 판단이 되면 추가 구매할 계획이었다.

매직 아머는 개인 장구류면서도 헌터의 기본 장비인 파워 슈트에 비해 다섯 배가 넘는 가격이지만, 아머드 기어에 비한다면 무척이나 저렴한 가격이었다.

그러니 백화 클랜에게 100세트의 매직 아머는 그리 부담이 되지 않았다.

그런데 아케인 클랜의 신형 매직 아머의 효과는 생각지 못한 곳에서 엄청난 성과를 보게 되었다.

1차로 납품된 50세트 중 간부들에게 지급된 것을 제외한 20세트가 사냥 파티를 지원하는 하급 헌터에게 지급이 되었는데, 보름을 계획하고 떠난 사냥 파티가 기존의 다른 파티들에 비해 수확이 2.5배나 되는 대성공을 거두며 돌아온 것이었다.

백화 클랜의 정규 사냥 파티는 아머드 기어 열 기를 중심으로 아머드 기어 드라이버 열 명과 보조 드라이버 열 명, 그리고 이들을 보조하는 하급 헌터 스무 명으로 구성이 된다.

이 보조 인원 스무 명에는 현장에서 아머드 기어가 고장이 났을 때 응급조치를 취할 수 있는 엔지니어까지 포함이 되기에, 본격적으로 사냥을 하게 되면 이들을 보호할 목적으로 아머드 기어 2~3기가 뒤로 빠져 대기를 하게 된다.

본래 목적은 보호지만 상황이 여의치 않을 땐 지원을 나가기도 하는데, 보통은 보조 인원을 보호하기 위해 빠진 아머드 기어가 사냥에 지원을 하는 일은 드물었다.

그런데 백장미는 매직 아머를 보조 아머드 기어 드라이버에게 지급했다.

원래 계획은 이들이 아닌, 보조를 하는 하급 헌터들에게 지급할 생각이었다.

하지만 간부 회의 과정에서 하급 헌터에게 매직 아머를 지급하기보단 어느 정도 등급이 있는 보조 아머드 기어 드라이버에게 지급을 하는 것이 어떠냐는 의견이 나오면서 간부들 간에 의견이 갈리게 되었다.

하지만 매직 아머의 성능이 생각보다 좋은 점을 내세워 보조 드라이버들이 매직 아머를 착용하면 보조 인원을 보호하기 위한 아머드 기어 두세 기를 따로 빼서 배치할 필요가 없다는 점을 설명하자 많은 간부들이 동조했다.

그들 역시 값비싼 장비인 아머드 기어 두세 기가 놀고 있다면 엄청난 손해인 것을 알기 때문이다.

막말로 일곱 기가 몬스터 사냥을 하는 곳에 아머드 기어 한 기만 더 투입이 되도 그 효과는 엄청나다.

겨우 한 기 차이일 뿐이지만 일곱 기와 여덟 기는 사냥하는 효율에서 비교가 안 된다.

그런데 열 기 모두가 몬스터 사냥에 투입될 수 있다면 중(重)형 몬스터인 오거 네 마리를 한 번에 사냥을 할 수 있을 정도가 되는 것이다.

2인 1조로 해서 오거 한 마리씩 맡고, 남은 두 기의 아머드 기어는 뒤에서 급습을 하면 빠른 속도로 사냥이 가능해 진다는 점을 검토한 백화 클랜 간부들은 하급 헌터에게 매직 아머를 지급하는 문제를 보류하고, 보조 드라이버에게 매직 아머를 지급해 보기로 결정했다.

그렇게 결정한 일이 성공적인 성과를 거두게 되자, 백화 클랜에서는 이를 단순하게 생각할 문제가 아니라 판단하여 파티가 사냥을 하는 동안 일어난 일들을 모두 서면 보고하게 했다.

보고된 자료를 바탕으로 어떤 변화가 있는지 면밀히 비교하고 검토하여 다른 파티도 아케인 클랜의 신형 매직 아머를 도입할 것인지에 대한 여부를 결정하려고 한 것이다.

그렇게 매직 아머를 지급받은 파티의 사냥 일지를 검토한 결과는 백화 클랜의 클랜장인 백장미는 물론이고, 간부들도 깜짝 놀라게 만들었다.

사냥을 가는 모든 헌터는 몬스터 사냥을 직접적으로 하든, 그렇지 않고 보조만 하든 모두 개인 무구를 가지고 있다.

아머드 기어의 오너드라이버와 보조 드라이버는 물론이고, 이들을 보조하는 하급 헌터들까지도 파워 슈트와 매직 웨폰을 가지고 있는데, 이는 혹시나 모를 최악의 사태를 대비하기 위한 조치였다.

막말로 최강의 대몬스터 병기라 불리는 아머드 기어라도 도중에 고장은 날 수 있는 법이었다.

아무리 정비를 철저히 한다고 해도 도구인 이상 어쩔 수 없는 일이다.

그런 개인의 안전을 지켜줄 수 있는 최후의 보루가 바로 개인 장구류였고, 오직 파워 슈트와 매직 웨폰만이 그 효과가 검증된 장구류였다.

물론 아머드 기어 10기가 있는 사냥 파티에서 모든 아머드 기어가 고장이 나는 사태는 벌어지지 않는다.

하지만 한두 기, 또는 최악의 상황에서 절반 이상의 아머드 기어가 고장을 일으켜 작동 불능 상태가 벌어지게 되는 경우도 있는데, 이땐 파티의 안전을 위해 사냥을 중단하고 모든 인원이 안전하게 복귀를 하는 것에만 신경을 쓰도록 백화 클랜의 매뉴얼로 교육되어 있다.

그런데 매직 아머를 지급받은 파티는 사냥을 떠나고 5일 만에 아머드 기어 1기가 중간에 고장이 나 이동 불능 상태가 되고 말았다.

다른 부위도 아니고 무릎 관절의 기어가 파손이 되면서 교체를 해야만 작동할 수 있는 상태가 됐는데, 다른 아머드 기어의 관절에 먼저 교체를 하는 바람에 제때 교체를 해주지 못해 이런 사고가 발생한 것이었다.

어쩔 수 없이 위치 표시만 해두고 아홉 기만 대동한 채로 계속해서 몬스터 사냥을 나섰다.

아머드 기어 한 기가 고장 났다고 해서 모든 인원이 쉘터로 복귀를 할 수는 없지 않은가. 이제 겨우 자리를 잡고 본격적으로 사냥을 하려고 할 때 벌어진 사고라 우선 몬스터 사냥을 계속 하기로 결정했다.

처음에는 별다른 사고가 발생하지 않았다.

비록 한 기의 아머드 기어가 사냥에서 빠지긴 했지만 그래도 아홉 기나 남아 있기에 일단 사냥 중에 기존에 보조 인원의 안전을 위해 두 기를 빼던 것을 한 기만 빼고, 매직 아머를 지급받은 보조 드라이버들이 경계를 조금 더 철저히 하는 것으로 계획을 잡았다.

백화 클랜의 아머드 기어 드라이버들은 실력이 좋아 순조롭게 트롤이나 오거 가족들을 사냥했다.

그런데 너무 깊게 들어간 것인지, 파티는 아무도 인지하지 못한 사이 여섯 마리의 오거들에게 둘러싸이고 말았다.

대체로 오거는 독립심이 강한 몬스터다. 하지만 백화 클랜이 주로 사냥하는 이곳 산맥에 서식하는 오거들은 그런 오거의 성향을 무시하고 집단으로 서식을 하는 경향이 있었다.

이는 이 산맥에서 오거들이 상위 포식자에 속하지 않기에 벌어진 일이었다.

이 산맥에는 중형 몬스터 중에서도 상위에 속하는 싸이클롭스도 종종 보이고, 싸이클롭스에 버금가는 자이언트 트롤이나 트윈헤드 오거 등도 서식하고 있었다.

그렇기에 오거들도 독립생활이 아닌, 자신들의 안전을 지키기 위해 집단생활을 하게 된 것이다.

백화 클랜의 사냥 파티는 이런 다 자란 성체 오거들 집단에게 포착이 되어버린 것이었다.

네 마리까지는 여유 있게 잡을 수 있지만, 다섯 마리는 조금 무리가 있는 숫자였다.

만약 아머드 기어 열 기가 모두 정상적인 상태였다면 조금 어려움은 있을망정 위기는 없었을 것이지만, 파티에 가용할 수 있는 아머드 기어는 총 아홉 기뿐이었다.

단 한 기가 관절 고장으로 버려졌다는 것만으로 위기에 처하게 된 것이다.

그렇게 여섯 마리의 오거를 상대로 고군분투를 시작한 아머드 기어들은 비록 오거에 비해 아머드 기어의 숫자가 많다고는 하지만, 겨우 세 기가 많을 뿐이었다.

단 한 번도 이런 경험을 한 적이 없던 아머드 기어 드라이버들은 무척이나 당황해 평소 그렇게 잘 맞던 손발이 맞지 않아 종종 위기에 처할 때도 있었다.

아머드 기어가 쇠로 된 물건이 아닌 생명체였다면 아마 진즉 전멸했을 터였다.

다행스럽게도 아머드 기어는 오거의 공격에 고통을 느끼지 않는 쇳덩이어서 오거가 내려치는 몽둥이찜질 세례에도 밀리지 않고 잘 버텼다.

그런데 이때, 뒤에서 보고만 있던 보조 드라이버 중 일부가 움직이기 시작했다. 매직 아머를 착용한 보조 드라이버들이 아머드 기어 오너들을 지원하는 상황이 발생한 것이다.

아머드 기어를 공격하고 있는 오거의 숫자를 줄인다면 좀 더 편하게 아머드 기어 드라이버들이 활동을 할 수 있지 않을까 하는 생각에 자신들이 한두 마리 정도 시선을 끌기로 한 것이었다.

흉측하게 생긴데다 커다란 덩치 때문에 조금 두렵기는 했지만, 아머드 기어들이 모두 쓰러지면 다음 차례는 자신들이라는 것을 잘 알기에 용기를 내서 오거를 공격하기 시작했다.

그런데 뜻밖의 상황이 연출됐다.

매직 아머에 있는 마법진을 활성화하자 몸에 활력이 돌기 시작하더니, 들고 있던 매직 웨폰과 연동을 하면서 엄청난 효과를 냈던 것이다.

백화 클랜의 헌터들이 사용하는 매직 웨폰은 모두 주문 제작을 한 것으로, 일반 판매용으로 구입할 수 있는 매직 웨폰에 비해 성능이 뛰어났다. 거기에 매직 아머의 마법으로 인해 체력과 힘까지 늘어나다 보니 매직 웨폰이 더욱 강력한 위력을 발휘하게 된 것이다.

그저 오거 한두 마리의 시선을 끌려고 기습을 했던 것이 제대로 들어가 치명적인 대미지를 줘버렸다.

그들은 몬스터 사냥을 하던 중 긴급 상황이 발생했을 때의 메뉴얼에 나온 지침처럼 그저 몬스터를 기습했을 뿐이었다.

그런데 매직 웨폰에 들어 있는 파워 업 마법과 매직 아머에 들어 있던 같은 계열의 스트렝스 마법이 결합되면서 효과가 배가되어 버렸다. 그렇다 보니 아무리 이들이 여자들이라도 충분히 오거에게 대미지를 줄 수 있었던 것이다.

무방비 상태에서 기습을 당한 것이라 커다란 충격을 받은 오거가 당황하고 있을 때, 오거와 상대를 하던 아머드 기어의 드라이버는 자신에게서 시선을 뗀 오거를 재빨리 마무리지었다.

의외의 결과가 나온 것이다.

그렇게 오거가 하나둘 쓰러지고 마지막 여섯 번째 오거까지 쓰러지자, 백화 클랜의 헌터들은 모두 제자리에 주저앉고 말았다.

절체절명의 위기에서 용기를 낸 보조 드라이버들로 인해 구사일생을 하게 된 것이다.

파티의 리더는 큰일을 겪었기에 그날은 우선 사냥을 중단하고 휴식을 취했다. 하루를 푹 쉬면서 매직 아머의 성능에 신뢰를 얻게 된 그들은 다음날 사냥부터는 보조 인원의 안전을 보조 드라이버들에게 맡기고 아홉 기의 아머드 기어를 모두 사냥에 투입했다.

뿐만 아니라, 때로는 보조 드라이버들도 사냥에 동원하기도 했다.

아머드 기어의 드라이버들이 5급 헌터로서 뛰어난 헌터라고 하지만, 몇 시간을 연속으로 사냥할 수는 없는 법이다.

하지만 보조 드라이버들이 지원을 해주자 이들의 사냥 피로도가 예전에 비해 무척이나 낮아졌고, 피로를 덜 느끼는 만큼 아머드 기어를 운용하는 시간은 더 늘어나게 되는 선순환 구조가 반복되면서 더욱 많은 사냥을 하게 된 것이다.

결과적으로 아머드 기어는 한 기 빠졌지만, 사냥은 예전보다 더욱 빠르고 많은 성과를 거두게 됐다.

보고를 받은 백화 클랜의 간부들은 몇 가지 질문을 하며 사실관계를 확인하고, 아케인 클랜에서 구입한 매직 아머를 보조 드라이버들에게 지급한 것은 성공적이었다는 결론을 내렸다.

그렇게 백화 클랜은 아케인 클랜에게 매직 아머를 더욱 많이 주문하게 되었다.

그리고 그런 움직임은 비단 백화 클랜만이 아니었다.

아케인 클랜에서 신형 장비로 교체하면서 나온 중고 물품 중 매직 아머를 구입한 헌터나 헌터 클랜은 사용을 해보니 몬스터 헌팅계의 새로운 패러다임을 제공하는 물건이라는 생각에 추가적인 구입 문의를 하기 시작했다.

파워 슈트와 아머드 기어가 몬스터의 위협으로부터 인류

를 구원했다면, 아케인 클랜에서 개발한 매직 아머는 기존의 몬스터 헌팅 방법을 새롭게 정립하고 있었다.

† † †

스윽, 스윽.

저벅저벅.

열 명의 헌터들이 수풀을 헤치며 나아가고 있었다.

하지만 이들의 표정은 무척이나 좋지 못했다. 사냥을 나선 지 벌써 이틀인데, 잡은 것이라고는 트롤 세 마리뿐이었기 때문이다.

열 명의 헌터가 이틀이나 투자해서 겨우 트롤 세 마리를 사냥했다고 하면 이는 적자도 이만저만한 것이 아니었다.

"형님."

"왜 또 불러?"

파티의 리더인 김주성은 뒤에서 자신을 부르는 최정한의 부름에 살짝 짜증이 난 목소리로 답했다.

최정한은 그런 김주성의 목소리에 조심스럽게 말을 하기 시작했다. 괜히 이럴 때 말을 잘못 했다가는 낭패를 보기 십상이다.

"조금 이상하지 않아요?"

"이상?"

"예, 아무리 이곳이 몬스터 천국인 영원의 숲이나 몬스터 산맥만큼은 아니라지만, 꽤 많은 몬스터가 서식한다고 알려진 곳 아닙니까? 또 이곳은 몬스터 산맥과 연결된 지류인데, 어찌 된 일인지 오늘은 그 흔한 오크 한 마리조차 보이지 않습니다."

최정한은 주변을 두리번거리며 말했다. 하지만 그런 생각을 하고 있던 것은 비단 그뿐만이 아닌 듯했다.

"그러게, 몬스터들이 모두 이사를 갔나? 코빼기도 보이지 않는다."

최정한의 이야기를 듣고 있던 김주성 역시 계속 품어온 의문이었다.

숲속은 자주 들려오는 새와 풀벌레 울음소리조차 전혀 들리지 않아 무척이나 괴이쩍었다.

"이 울창한 숲 속에 저희들 걷는 소리만 들리다니, 너무 이상합니다."

이창선 역시 같은 생각인지, 최정한과 김주성의 이야기에 끼어들며 말했다.

"그것도 그래, 맞아, 평소에는 전혀 생각지 못했는데, 지금 보니 새소리나 벌레 울음소리가 전혀 없다."

"형님, 뭔가 큰일이 일어나는 것 아닐까요?"

정말로 너무 이상했다. 이곳이 생명체가 살지 않는 그런 장소도 아니고, 평소 몬스터나 짐승들이 많아 헌터들도 자주 찾는 사냥터다.

그런데 지금은 아무런 생명체의 움직임도 없는 적막감만이 숲 전체를 뒤덮고 있었다.

"형님, 우리 그만 숲을 나가죠."

"뭐? 사냥을 중단하자고?"

"네. 여긴 몬스터도 보이지 않고, 소리도 없고, 이상합니다."

"맞아요, 형님. 우리 다른 곳으로 사냥터를 옮기죠."

"그래요. 차라리 전에 사냥을 하던 바위게가 있는 곳으로 가는 것이 어떻습니까?"

최정한과 이창선은 숲속 분위기가 불안한지 서로 동조하며 사냥터를 바꾸자고 제안했다.

뒤에 있는 파티원들도 말은 하지 않고 있었지만, 아무런 소리도 없는 이 숲에 있는 것이 무척이나 두려운 상태였다.

그런 때에 파티의 주력 딜러가 사냥터를 옮기자는 말을 하니, 내심 얼마나 반가웠는지 모른다.

김주성은 이대로 좀 더 사냥감을 찾아 볼 것인지, 아니면 최정한의 말처럼 보이지 않는 몬스터를 찾기보단 전에 가봤던 바위게 서식지로 갈 것인지 결정을 해야만 했다.

잠시 파티원들의 표정을 살피던 김주성은 자신을 주시하며 긴장을 하고 있는 그들의 얼굴을 보며 결정했다.

"알았다. 여긴 뭔가 이상한 일이 벌어지고 있으니, 차라리 네 말대로 바위게 서식지로 자리를 옮기자."

"예."

달그락달그락.

리더인 김주성의 결정이 내려지기 무섭게 파티원들의 움직임이 빨라지기 시작했다.

그 때문인지 조금 전과는 다르게 조금 큰 소리가 발생했다.

평소 같았으면 그런 소란에 경고를 했을 김주성이지만, 그도 지금은 이 숲의 이상한 분위기에 얼른 빠져나가고 싶은 마음이 커 아무런 제지도 하지 않았다.

사실 몬스터가 많이 활동하는 숲에서 이런 소음을 낸다는 것은 몬스터에게 자신의 위치를 알리는 행위였다.

그리고 그것은 그가 속한 파티나 헌팅 팀을 위기에 처하게 할 수도 있는 일이었지만, 지금은 그저 주변에 그 어떤 생명체의 존재감도 느껴지지 않는 이 해괴한 장소를 빠져나가야 한다는 생각뿐이었다.

✝   ✝   ✝

터덜! 터덜!

몬스터 산맥의 지류를 떠난 김주성의 파티는 한 달 보름 전에 바위게 사냥을 하던 해변에 도착했다.

하지만 정작 보이는 것은 모래사장이요, 들리는 것은 파도 소리뿐이었다.

"이게 어떻게 된 거야?"

김주성은 아무리 해변을 둘러봐도 한 마리도 보이지 않는 바위게로 인해 어처구니가 없었다.

그리고 그건 최정한이나 이창선 또한 마찬가지였다.

"각자 좀 퍼져서 살펴봐!"

주성은 이대론 안 되겠다는 생각에 파티원들에게 주변을 살펴보게 지시했다.

그렇지 않아도 잡아야 할 바위게가 단 한 마리도 보이지 않아 답답했던 파티원들은 김주성의 지시가 떨어지기 무섭게 주변으로 흩어졌다.

그렇게 10여 분쯤 흩어져 주변을 살피던 일행들 중 최정한이 가장 먼저 돌아왔다.

"뭐 좀 보여?"

"아뇨, 형님은 찾았습니까?"

"이게 어떻게 된 일인지 모르겠다. 여기도 몬스터가 한 마리도 보이지 않는다."

답답한 마음에 급히 최정한에게 물었던 김주성은 자신 역시 한 마리의 몬스터도 발견하지 못했단 사실을 힘없이 말했다.

"이거 정말로 뭔 일 벌어지는 것은 아닌지 모르겠다."

"그러게 말입니다. 아까 몬스터 산맥 인근에서도 그렇고, 또 여기도⋯⋯."

최정한은 할 말을 모두 하지 못하고 말끝을 흐렸다.

정말로 뭔 일이 일어날 것만 같은 두려움에 말을 모두 마치지 못했다.

김주성과 최정한이 이야기를 주고받고 있을 때, 다른 일행들도 하나둘 모여들었다.

"어때?"

혹시나 하는 생각에 다가오는 파티원들에게 물었지만 결과는 달라지지 않았다.

"한 마리도 보이지 않습니다."

"저도 저쪽으로 가 봤는데, 한 마리도 보이지 않습니다."

"형님! 전 예전에 바위게를 잡던 곳으로 가봤는데, 그곳도 깨끗합니다."

이창선은 다른 파티원들 보다 조금 늦게 도착을 했는데, 그는 45일 전 바위게를 사냥하던 곳까지 확인했다. 주변에 몬스터 비슷한 것이 한 마리도 보이지 않자 그곳까지 갔던 것이다.

"안 되겠다. 뭔 일이 벌어지고 있는 것이 분명해! 사냥을 멈추고 돌아가야겠다."

김주성은 왠지 불길한 예감에 더 이상 몬스터 사냥을 하는 것을 포기하기로 결정했다.

그런 김주성의 결정에 파티원들은 약간 아쉬운 표정이 자리하기긴 했지만, 일단 리더인 그가 결정을 하자 따르기로 하였다.

"알겠습니다. 그렇지 않아도 몬스터 산맥 인근과 마찬가지로 여기도 그러니 저도 더 이상 사냥을 한다는 것이 꺼려지네요."

"그래, 얼른 뉴 서울로 돌아가자! 뭔가 심상치 않은데, 돌아가면 헌터 협회에 이 일을 보고해야 할 것 같다."

"예."

김주성의 파티는 그렇게 몬스터 사냥을 하기 위해 쉘터를 나온 지 3일도 되지 않아 뉴 서울로 복귀했다.

그리고 이번 사냥을 나와서 본 것들을 헌터 협회에 보고했다.

그런데 문제는 이런 몬스터 실종 신고를 비단 김주성 파티만 보고한 것이 아니란 점이었다.

요 근래 몬스터 헌팅을 나갔던 헌터 클랜 사냥대나 소규모 팀들도 모두 허탕을 치고 돌아오는 이들이 많아 보고가 계속해서 올라오고 있었다. 계속되는 몬스터 증발 사건 소식이 속속 들어오자 헌터 협회의 움직임도 빨라졌다.

Chapter 6

몬스터 웨이브를 대비하라

대한민국은 헌터 협회에서 나온 한 가지 소식으로 인해 커다란 혼란에 휩싸였다.

뉴 어스의 몬스터 서식지에 몬스터가 증발해 버렸다는 소식은 대한민국 국민들에게 큰 충격을 선사했다.

아니, 이 문제는 세계적으로 커다란 사건의 전조였기에 전 세계인들을 충격과 공포로 몰아갔다.

몬스터가 서식지에서 증발한 것이 대체 무슨 큰일인가 하면, 그것은 한 가지 사건이 일어나기 전에 발생하는 전조 현상이기 때문이다.

그 사건은 바로 대규모 몬스터가 게이트로 몰려드는 몬스터 웨이브였다.

마치 지진이나 해일이 해안가를 덮치기 전에 해변의 물이 먼 바다로 쓸려가는 것처럼, 어느 기간 동안 몬스터의 모습이 보이지 않다가 한순간 마치 쓰나미가 몰려오듯 게이트를 향해 몰려드는 것이다.

어떤 작용에 의해 그런 현상이 벌어지는지 아직까진 몬스터 학자도 알지 못하지만, 세 차례나 비슷한 경험을 한 지구인들은 몬스터의 이상 현상에 대해 꼼꼼히 체크를 하고, 이상 사태가 발생할 경우 국경을 초월해 경고를 해주는 협정을 맺었다.

그렇기에 대한민국도 몬스터의 증발 사태가 발생하자 헌터들이 신속하게 헌터 협회에 보고를 하였고, 이에 헌터 협회도 협정에 의해 세계 헌터 연합에 공문을 보냈다.

물론 정부에도 이러한 사실을 알려 대비를 하게 하였다.

몬스터 웨이브는 일개 단체인 헌터 협회가 나설 일이 아니라, 국가 차원에서 대비를 해야 막을 수 있는 사건이기 때문이었다.

헌터 협회는 바로 정부에 공문을 보내 뉴 어스에 벌어지고 있는 몬스터 이상 사태를 알리고 대비를 하기 시작했다.

† † †

다다다닥!

"김 대리! 국방부에 공문은 보냈나?"

대한민국 헌터 협회의 한 부서.

급한 일들에 정신이 없던 와중에도 과장은 공문을 보냈는지 확인하고 있었다.

"아, 아직 보내지 못했습니다."

"뭐야!? 지금 정신이 있는 거야 뭐야! 공문을 아직도 보내지 않으면 어떻게 하자는 거야! 빨리 국방부에 공문 보내!"

과장은 아직 공문을 보내지 않았다는 부하 직원의 말에 화를 내며 소리쳤다.

국민들에게 커다란 슬픔을 안겨주었던 몬스터 웨이브 사태가 또다시 발생할지 모르는데, 아직도 국방부에 공문을 보내지 않았다는 부하 직원의 말에 화가 난 것이다.

"죄송합니다. 얼른 보내겠습니다."

"말할 시간에 어서 보내!"

"예!"

그런데 고함 소리는 비단 이곳 사무실만이 아니었다.

지금 헌터 협회 곳곳에서 이런 비슷한 일들이 벌어지고 있었다.

딩동댕동!

— 앞으로 30분 뒤 회장님 주재 비상 대책 회의가 있을 예정이니, 부장급 이상 간부들은 모두 제1대회의실로 모여 주시기 바랍니다. 다시 한 번……

한창 간부들이 부하 직원들에게 지시를 내리고 있을 때 사무실 한쪽에 있는 스피커에서 벨소리가 울리더니, 회의를 알리는 방송이 흘러나왔다.

"이봐, 최 과장!"

"예, 부장님!"

"비상 대책 회의가 있다고 하니, 자료 부탁해!"

"알겠습니다."

부장의 지시가 내려오자 최 과장은 얼른 자신의 자리로 달려가 회의에 필요한 자료를 정리하기 시작했다.

†   †   †

"지금부터 제4차 몬스터 웨이브에 대한 비상 대책 회의를 시작하겠습니다."

사회자가 회의 시작을 알리자, 헌터 협회 회장인 이기동이 마이크를 잡고 이야기를 시작했다.

"몬스터가 증발한 것은 정확히 언제부터였나?"

협회장인 이기동의 질문이 나오자 상무이사 한 명이 일어나 보고했다.

"신고 접수는 어제 오후 2시, 5시, 7시에 사냥을 나갔던 헌터 파티들에게서 받았으며, 뉴 서울 지부에서는 똑같은 신고가 계속되자 상황의 심각성을 인지하고 오후 11시경에 긴급 전문을 보내왔습니다. 그리고 지부의 긴급 전문을 11시 30분경에 최초 수신한 사람은 당직을 서고 있던 총무부의 최갑복 과장으로, 최갑복 과장은 협회의 긴급 전문 수신 매뉴얼대로 신속하게 관계 부서에 연락했습니다."

보고를 하던 상무이사는 보고를 마치고 자리에 앉았다.

"잘 들었습니다. 지원부, 보고하세요."

"예, 저희 지원부에서는……."

지원부는 2차 몬스터 웨이브가 있던 때에 설립된 부서였다.

당시 해일처럼 밀려드는 몬스터로 인해 헌터들이 가지고 있던 장비가 모두 소모되었음에도 교체를 하지 못해 몸으로 몬스터를 막아낼 수밖에 없었는데, 그 때문에 너무도 많은 헌터들이 희생을 당했다.

방비가 제대로 되어 있지 않은 상태에서 엄청난 숫자의 몬스터가 게이트를 통해 밀려드는 바람에 적절한 지원을 받지 못한 헌터들이 큰 피해를 입자, 과거의 과오를 또다시 되풀이하지 않기 위해 헌터 협회는 물론이고, 정부에서도 현장에 투입되는 헌터나 군인들을 지원하기 위한 물자를 따로 비축하기 시작한 것이 지원부의 시작이었다.

지원부가 보고를 마치자 두 번째로 나선 것은 관리부였다.

"저희 관리부에서는 각 클랜에 공문을 보냈으며, 감찰부와 중재 위원회 헌터단의 협조를 받아 비상 체제로 운영을 하기 위한 준비 중입니다."

헌터 협회에도 헌터들이 존재했는데, 이들을 협회 직원들은 3대 헌터단이라 불렸다. 그중에는 헌터 클랜에 소속된 헌터처럼 몬스터를 잡는 이들도 있고, 헌터들 간의 분쟁을 중재하기 위한 중재 위원회도 있었다.

헌터는 일반인과 다르게 특별한 존재이다 보니 헌터들을 중재하기 위해선 비슷한 역량을 가지고 있어야만 했고, 그렇기 때문에 중재 위원회에는 행정을 보는 사무직뿐만이 아닌, 무력을 담당하는 헌터단이 따로 존재하는 것이었다.

마지막으로는 감찰부인데, 이들은 직원 전체가 헌터들로만 구성되어 있었다.

감찰부라는 이름에서 알 수 있듯이, 이들은 헌터들이 불법을 저지르는 것을 감찰하는 곳이었다.

주로 하는 일은 불법을 저지르는 다크 헌터를 감시하거나 체포하는 일이었다.

헌터 프론티어

그렇기에 감찰부 소속 헌터들은 무척이나 강력한 무력을 가지고 있을 뿐만 아니라, 다크 헌터 중에는 아머드 기어를 가지고 있는 클랜도 존재하기에 이들을 상대하기 위해 자체적으로 아머드 기어도 보유하고 있었다.

관리부 이사는 이들을 총동원하여 몬스터 웨이브 사태를 대비하기 위한 계획을 세웠다.

"조금 전에 헌터 클랜에 공문을 보냈다고 하는데, 반응은 어떤가?"

이기동 회장의 질문에 송대섭 이사는 난감한 표정을 지었다.

"그것이… 여타 클랜에선 몬스터 웨이브에 대비해 충분한 지원을 하겠다는 약속을 하였는데, 엠페러 클랜을 비롯하여 3대 클랜인 백화, 아케인 클랜에선 독자적으로 몬스터 웨이브에 대비를 하겠다고 합니다."

"뭐요?"

이기동은 대한민국 3대 클랜이라 불리는 엠페러와 백화 그리고 한창 주가를 올리고 있는 아케인 클랜에서 헌터 협회의 협조 요청을 거절했다는 말에 어처구니가 없다는 표정이었다.

"무엇 때문에 협조를 하지 않고 독자적으로 움직인다고 하는 겁니까?"

이기동은 방금 자신이 들은 말이 도저히 이해가 가지 않아 재차 물었다.

"그것이… 게이트 주변에서 몬스터가 몰려오길 기다리는 것보다는 현재 건설되어 있는 쉘터에서 1차로 방어를 하는 것이 더 나을 것이라 했습니다."

"음……."

송대섭 이사의 말에 이기동은 작게 신음을 흘렸다.

방금 송대섭 이사가 말한 쉘터란 것은 분명 3대 클랜이 보유한 쉘터를 말하는 것일 터이다.

현재 엠페러 클랜은 여섯 개의 쉘터를 보유하면서 대한민국에서 쉘터를 가장 많이 보유한 클랜이었고, 백화 클랜은 엠페러 클랜보다 인원이 적어 네 개의 쉘터를 보유하고 있다.

마지막으로 대한민국 최초의 민간 쉘터를 건설한 아케인 클랜의 경우 세 개의 쉘터를 운용하고 있었다.

다만 아케인 클랜 쉘터의 경우 뉴 어스의 금지 중 하나인 영원의 숲 인근에 있어 만약 몬스터 웨이브 사태가 발생하면 가장 큰 피해를 입을 수 있는 곳에 위치해 있기도 했다.

이기동은 미간을 살짝 찌푸렸다. 아케인 클랜의 수장인 정진은 헌터 협회장인 그를 후원하는 존재 중 가장 강력한 힘을 가진 사람이다.

그런데 정진이 헌터 협회의 협조 요청에 불응을 한 것에 당혹스러운 마음이 드는 것과 동시에, 또 한편으로는 이번 몬스터 웨이브 사태에 정진이 큰 피해를 입지나 않을지 걱정이 되었다.

막말로 아케인 클랜은 이번 4차 몬스터 웨이브에 제대로 방어를 하지 못하더라도 헌터 협회를 통해 위탁 판매하는 포션만으로도 충분히 과를 대신할 수 있다.

하지만 만약 몬스터 웨이브 사태 때 정진 자체가 잘못 되기라도 한다면 이보다 더 안 좋은 일이 없을 정도로 그의 존재는 이기동에게 절대적이었다.

"죄송합니다. 다시 한 번 협조 요청을 해보겠습니다."

이기동은 이런 생각에 인상을 쓰고 있던 건데, 송대섭은 3대 클랜이 협회의 요청을 거부한 것에 그가 인상을 쓰는 것이라 오해해 얼른 사과를 하며, 3대 클랜에 다시 한 번 협조 공문을 보내겠다고 말했다.

"아니, 그들이 그런 말을 했다면 그냥 두도록 해. 어차피 몬스터 웨이브가 시작되면 그들이 가장 먼저 몬스터 웨이브를 맞이할 테니 어쩌면 그게 더 나을지도 모를 일이야."

이기동은 송대섭의 말을 듣고 재협조 요청을 제지하면서 머릿속으로 어느 것이 자신에게 더 이득이 될 것인지 계산했다.

정진이 몬스터 웨이브 상황에서 안전한 것이 자신의 입장에선 가장 좋은 일이었다. 하지만 정진이 아무런 생각 없이 아케인 클랜이 소유한 쉘터에서 몬스터를 막아내겠다고 한 것은 아닐 것이다.

정진이 터무니없이 그렇게 하기로 한 것이 아니란 생각이 들자, 머릿속이 맑아지는 것 같았다.

확실히 아직도 정진이 소유한 마법이란 능력은 과학으로 설명이 되지 않는 능력이다.

헌터들의 육체적 능력은 과학으로 몬스터의 괴력과 재생력의 비밀을 분석해 알아낸 결과를 인간에게 적용시킨 결과물이다.

그런데 정진이 가진 마법이란 능력은 도무지 분석이 되질 않는 능력이다.

그저 헌터나 몬스터가 가진 힘의 비밀과 연관이 있을 것이라고만 짐작할 뿐, 어떻게 그런 현상을 만들어 내는 것인지는 알 수 없었다.

정진에게서 오래전 이야기를 듣긴 했는데, 전혀 알아들을 수 없는 이야기였기에 대충 흘려들었다.

어차피 자신이 마법을 배울 것도 아니기에 그저 정진과의 관계를 돈독히 하는 것에만 신경을 썼기 때문이다.

정진이 그 신비한 능력으로 만들어 내는 매직 웨폰과 포션은 대체 불가의 물건이다. 아니, 엄밀히 말하면 매직 웨폰은 어찌 대체가 가능할 수도 있다.

다만 효율과 성능비가 너무 차이가 나기에 매직 웨폰을 찾게 되는 것뿐이다.

하지만 포션은 두말할 것도 없는 물건으로, 지금도 포션은 수요 대비 공급이 턱없이 부족한 물건이다.

대한민국의 위상을 드높인 물건이 바로 포션이었다.

그런 엄청난 일들을 해낸 정진이 몬스터 웨이브란 국가적 차원의 재앙이 시작될 조짐이 보이는 때, 헌터 협회의 협조 공문을 받고 그런 판단을 내렸다는 것은 분명 무언가 대책이 있어 그런 것이라 생각이 들었다.

정진이 건설한 아케인 쉘터 준공식에서 쉘터의 기능을 두 눈으로 목격한 기억이 떠올랐다.

비록 500여 명밖에 수용할 수 없는 작은 규모의 쉘터였지만, 몬스터로부터 안전만 놓고 비교를 한다고 하면 1만 5천 명을 수용할 수 있는 뉴 서울보다 오히려 더 안전해 보였다.

중(中)형과 중(重)형 몬스터가 섞인 무리를 단번에 제압하던 그 모습은 아직도 눈에 선했다.

강력한 방어력을 가지고 있는 쉘터와 이미 다수의 초인을 보유한 아케인 클랜이라면 몬스터 웨이브에서 어려움은 있어도 위기는 없을 것이다.

아케인 클랜에는 아직도 어느 정도 능력이 있는지 알 수 없는 정진과 세계 유일의 3급 라이선스를 취득한 헌터를 다수 보유하고 있었다.

3급 헌터는 중(重)형 몬스터인 오거도 1:1로 사냥을 할 정도로 인간을 초월한 존재다.

헌터가 일반인에 비해 초인이라 불릴 정도로 엄청난 능력을 보이기는 하지만, 3급 헌터는 그런 헌터들 중에서도 별개로 분류해야 할 정도로 엄청난 존재였다.

물론 4급 헌터도 오거를 1:1로 사냥이 가능은 하지만, 4급 헌터는 위기에 빠지거나 힘겹게 사냥하는 반면, 3급 헌터는 안정적으로 오거를 사냥할 수 있을 정도의 차이가 있다.

만약 사냥 주기에 변경이 있었다면 사냥 중 부상을 당했을 것이라 짐작할 수 있지만, 이정진은 단 한 번도 사냥 주기를 변경한 적이 없다.

사냥을 하고, 쉬는 기간에는 수련을 하고, 또 수련 기간이 끝나면 다시 사냥을 하는 패턴을 계속해서 반복한 것이다.

이는 이기동이 눈으로 직접 확인한 것은 아니지만, 단 한 번도 이정진이 몬스터 사냥을 떠나는 주기를 변경한 적이 없는 것만 보아도 알 수 있는 대목이었다.

사실 3급 헌터에 오른 이정진이기에 헌터 협회는 물론이고 대한민국 정부에서도 이정진을 영입하기 위해 물밑 접촉을 했었다.

이정진의 거절로 흐지부지되었지만, 미국이나 일본 등 선진국에서는 이정진이 제안을 거절해도 끈질기게 영입하기 위해 접촉을 했다.

처음에는 클랜장인 정진이 직접 나서 더 이상 접촉하지 말라고 경고했으나 통하지 않자 이기동이 세계 헌터 협회에 경고를 하고 여러 사건을 거친 후에 모든 것이 일단락되었다.

포션의 제조자가 아케인 클랜의 클랜장인 정진이란 것을 그때야 세계에 공표를 하고, 이정진을 계속해서 귀찮게 하면 포션을 공급하지 않겠다고 엄포를 놓지 않았다면 그들은 수단 방법을 가리지 않고 계속 시도했을 것이다.

물론 포션의 제조자가 정진이라는 사실이 알려지며 이제는 이정진이 아닌 정진을 영입하기 위해 접촉을 하려 했지만, 정진은 단호하게 대한민국을 떠날 생각이 없다고 선을 그었다.

그러자 미국에서는 엄포를 무시하고 오래전부터 그랬던 것처럼 대한민국 정부를 압박했으나, 대한민국은 예전의 대한민국 정부가 아니었다. 포션으로 인해 세계적으로 위상이 엄청나게 올라간 대한민국 정부였다.

또한 현 정부의 대통령은 대한민국의 높아진 위상을 잘 알고 있기에 더 이상 저자세 외교를 하지 않았다. 아니, 현 대한민국 대통령인 노승민은 그 어느 때의 대한민국 대통령보다 대가 곧은 대통령이었다.

민족주의적 사상이 투철한 노승민 대통령은 미국의 외교적 압력에 맞서 포션 수출을 금지하는 강수를 두었다.

현대 사회에서 포션의 위치는 절대적이다.

포션을 가장 많이 소비하는 사람은 헌터다. 하지만 헌터들 보다 더 포션을 구하길 원하는 이들이 있는데, 그들은 바로 세계 경제를 선도하는 경제인들과 정책을 만드는 권력자들이다.

아무리 미국이 초강대국이라 불리지만, 대통령이 모든 권력을 가진 것은 아니다.

국회의원인 상원 의원도 있고, 글로벌 기업들의 오너도 있으며, 막후에서 정책을 진두지휘하는 거대 자본가들이 있다.

이들은 자신들의 권력을 오래도록 휘두르고, 또 자신이 죽으면 자신들의 후예들이 그 권력을 계승하길 원한다.

또한 이들은 이런 권력을 쌓기 위해 많은 적을 가지고

있다.

자신과 비슷한 힘을 가진 이들로부터 권력을 지키고 계승하기 위해 무한 경쟁을 하고 있는 상황에서, 포션은 자신과 후계를 지키는 최후의 보루다.

생명을 하나 더 가지고 있는 것이라 할 수 있는 이 포션이 한동안 미국에 들어오지 못했다.

그런데 이 포션이 미국에 들어오지 않은 것이 자신들이 세운 대통령 때문이라고 한다면 어떨까. 미국 대통령의 권력은 아주 막강하지만 아무리 대통령이라도 거대 자본가들이 그 권좌에서 내리려면 내리지 못할 것도 아니었다.

결국 포션이 한 달 동안 미국에 수출 금지된 상황에서 미국 대통령은 이들 권력자들에 의해 자리에서 물러나야만 했다.

물론 명목상으로는 비리 스캔들로 인해 권좌에서 물러났지만, 뒷면은 자신들의 목숨 줄과 같은 포션을 구입할 수 없게 되자 자본가들과 권력자들이 미 대통령을 숙청한 것이었다.

그제야 다른 나라에서도 모든 시도를 포기하고 일이 일단락되었다.

정진에 대한 생각을 하던 이기동은 고개를 흔들었다.

생각을 너무 많이 하다 보니 생각이 엉뚱한 방향으로까지

번졌다.

지금 시국이 어떤 때인데 별로 중요하지도 않은 미국 대통령의 탄핵 스캔들을 떠올리겠는가. 정신을 차린 이기동은 잠시 고민을 하다 정진에게 일단 한 번 연락을 해보기로 했다.

'무슨 이유로 그런 결정을 했는지 한 번 연락이라도 해봐야겠다. 뭐, 연락하는 김에 몬스터 웨이브를 대비해 포션의 생산량을 늘릴 수 없는지도 물어봐야지.'

기회를 잘 잡아 헌터 협회 회장의 자리에 앉기는 했지만 이기동은 지금의 자리에 안주하지 않고 자신이 할 수 있는 일을 했다.

† † †

대한민국은 물론이고 게이트가 있는 모든 나라는 비상 계엄령이 발령되었으며, 헌터들은 그 법령에 따라 비상대기를 하고 있었다.

만약 협회에 등록된 헌터가 법령을 따르지 않고 동원령을 무시했다가는 가중처벌을 받게 되는데, 최대 법정 최고형인 사형까지도 구형이 가능했다.

물론 그것도 몬스터 웨이브를 막아낸 다음의 문제이고,

만약 몬스터 웨이브를 막아내지 못한다면 국가가 사라지는 엄청난 사태가 벌어질 수도 있기 때문에 헌터가 동원령을 무시하고 이를 회피한다고 해서 안전한 것이 아니다.

실제로 북한은 그렇게 무너졌다. 1, 2차 몬스터 웨이브 때는 그동안 비축한 군수물자를 동원해 어찌 막아냈지만, 3차 몬스터 웨이브 때는 결국 막아내지 못하고 국가가 몬스터에 의해 전복이 되고 말았다.

현재 북한 지역은 몬스터 소굴이 되어 손을 쓸 수 없는 상태다.

그나마 정진이 매직 웨폰과 포션을 생산하면서 남한 지역에 퍼져 있던 몬스터를 몰아내고, 시간이 흐르면서 북한 지역이던 개성과 강원도 일대를 일부 회복했을 뿐이다.

그런데 아직 모든 몬스터를 소탕하지도 못한 상태에서 또다시 몬스터 웨이브가 발생하려고 있으니, 정부에서도 이를 대처하기 위해 비상이 걸렸다.

사실 남한 지역에 있는 신림동 게이트나 대전 게이트는 전력이 3차 몬스터 웨이브 때보다 월등이 향상된 헌터 전력으로 인해 별로 걱정이 없었다.

지금의 전력이라면 몬스터가 두 게이트를 넘어 대한민국을 침범할 가능성은 거의 없었다.

그렇기에 헌터 협회는 원래라면 어떻게 해야 헌터의 피해를 최소한으로 줄일 수 있느냐에 대한 것만 고민하면 됐다.

하지만 북한 지역에 있는 몬스터 게이트로 인해 큰 딜레마에 빠지고 말았다.

북한 지역의 게이트는 북한 정부가 무너져 버렸기에 이제는 게이트를 넘어오는 몬스터를 막아낼 세력 자체가 아예 없었다.

또한 십수년 간 북한 지역에서 생존한 몬스터의 숫자도 엄청난데, 거기에 새롭게 뉴 어스에서 몬스터가 넘어오는 것까지 생각한다면 정말 심각한 문제인 것이다.

이 때문에 정부는 국경을 맞대고 있는 중국 정부에 지원 요청을 했지만, 중국도 세 개나 되는 게이트를 가지고 있기에 여력이 없다는 회신을 받았을 뿐이다.

하지만 이는 핑계일 뿐이었다. 중국은 세계에서 가장 많은 헌터를 가지고 있으며, 그 질 또한 무척이나 우수했다.

현재야 대한민국의 헌터들이 아케인 클랜을 통해 알려진 수련법으로 인해 질이 올라가긴 했지만, 아직도 중국의 헌터들을 따라가려면 시간이 더 필요한 상황이었다.

하지만 중국은 방위에 여유가 있음에도 불구하고 자국 헌터들의 대한민국 파견을 막았다.

자기 나라 일이 아니라는 식의 중국 정부의 통보에 화가 난 대한민국 정부는 중국 정부의 회신을 받고 한 시간 뒤,

더 이상 중국에 포션을 판매하지 않겠다고 발표했다.

몬스터 웨이브에 대비해서 자국 국민들의 안녕을 위해 비축해야 한다는 명분이었다.

한편 이런 대한민국 정부의 발표에 중국 정부는 인도적인 차원에서 대한민국 정부가 포션 판매를 중단하는 것은 반인륜적인 처사라며 맹비난했다.

하지만 대한민국 정부는 그런 억지에도 눈 하나 깜짝이지 않았다.

몬스터 웨이브를 대비해 포션을 외국에 수출하지 않고 자국민의 치료를 위해 비축을 하겠다는 것이 대체 무슨 잘못이냐는 것이다.

세계적 재난 사태에서 여유가 있으면서도 단지 이기적인 마음으로 대한민국 정부의 파견 요청을 거절했으면서, 대한민국이 포션 판매를 중단한 것을 비난하는 것은 어불성설이었다.

더욱이 북한 지역에 쏟아질 몬스터는 대한민국만의 문제가 아니었다.

북한은 압록강과 두만강을 경계로 중국과도 연결되어 있기 때문이다.

몬스터는 인간의 국경을 알지도 못하며, 그런 것을 인정하고 행동하는 생명체가 아니다.

북한에서 쏟아질 몬스터가 갈 곳은 빤했다.

남쪽 아니면 북쪽뿐이다. 북한 지역이 아무리 넓다고 해도 지금 북한 지역을 점령하고 있는 몬스터와 게이트를 통과해 넘어올 몬스터들을 모두 수용할 수는 없기 때문이다.

현재 북한 지역에 분포하고 있는 몬스터도 포화 상태에 이르러 있는데, 거기에 뉴 어스에서 게이트를 통해 넘어오는 몬스터까지 합쳐진다면 그 숫자는 어마어마하게 불어날 것이다.

대한민국 정부는 이런 사태를 방지하기 위해 진즉부터 중국 정부에 북한 지역에 있는 몬스터를 처치하기 위해 공동 대응을 하자고 수차례 공문을 보냈지만, 중국 정부는 이런 대한민국 정부의 요청을 받아들이지 않았다.

중국 정부가 대한민국 정부의 요청을 받아들이지 않은 이유는 다른 것이 아니다.

현재 북한 지역을 점령하고 있는 몬스터는 돈이 되지 않기 때문이었다.

몬스터는 지구로 넘어오면서 점점 약해진다. 이는 지구가 뉴 어스보다 자연 환경이 많이 파괴되었기에 몬스터가 필요로 하는 생명에너지, 즉 마나가 부족하기 때문이다.

게이트를 넘어와 세대를 거듭할수록 몬스터는 덩치도 작아지고, 힘도 약해진다.

그런데 여기서 아이러니한 점은, 몬스터가 마나가 부족해 약해지는 것과 비례해 번식력은 무척이나 왕성해 진다는 것이다.

마치 피식자가 포식자에게 위협을 당하면 종의 생존을 위해 본능적으로 번식력을 높이는 것처럼, 몬스터도 이전보다 빠르게 번식하기 시작했다.

그 때문에 북한 정부가 3차 몬스터 웨이브 때 버티지 못하고 무너져 버린 것이다.

1차와 2차 몬스터 웨이브 때 소탕하지 못한 잔류 몬스터들이 북한 정부의 행정력이 미치지 못하는 오지에 숨어들어 번식했고, 3차 몬스터 웨이브 때 게이트를 넘어온 몬스터와 함께 북한 지역을 휘몰아치는 것을 막지 못하게 된 것이다.

만약 이대로 북한의 게이트를 방치한다면 한반도는 물론이고 중국이 언제까지 안전할 수 있을지 장담할 수 없다.

그렇기에 대한민국 정부는 중국 정부와 손을 잡고 몬스터 웨이브가 벌어지기 전에 비록 숫자는 많지만 그리 위협이 되지 않는 북한 지역에 있는 몬스터를 소탕하려 했지만, 결국 중국 때문에 그 계획이 무산된 것이다.

대한민국 정부는 어쩔 수 없이 계획을 변경해 현재 수복한 개성 지역과 강원 북부 지역에 몬스터 저지선을 만들어

남쪽으로 내려오는 몬스터를 막아낸다는 계획을 수립하고, 대한민국이 보유한 모든 전력을 동원하기로 했다.

1차로 군부대가 배치되고, 각종 중화기들이 저지선 곳곳에 배치되었다.

공군은 지금도 몬스터가 모여 있는 지역을 폭격하며 몬스터의 숫자를 줄이는 중이었다.

해군 또한 해안가 일대를 함포와 미사일로 두들기고 있었다.

엄청난 예산 낭비로 보일 수 있지만, 어쩔 수 없었다. 이렇게라도 몬스터를 줄여놓지 못하고 몬스터 웨이브가 본격적으로 시작된다면 도저히 막아낼 엄두가 나지 않을 정도로 몬스터가 밀려올 것이 분명했기 때문이다.

그나마 다행인 점은 현재 북한 지역에 있는 몬스터들은 소화기로도 상대가 가능하다는 것이다.

뉴 어스의 몬스터였다면 소화기로는 피해를 주지 못했겠지만, 지구에 정착해 세대를 거듭하며 번식한 몬스터는 가죽의 방어력이 낮아 소화기로도 충분히 피해를 줄 수 있었다.

그래서 대한민국 군대는 몬스터 웨이브가 본격적으로 시작되기 전에 북한 지역에 서식하고 있는 몬스터의 수를 줄이기 위해 수시로 북한 지역에 들어가 몬스터를 사냥했다.

돈이 되지 않는다고 해서 그냥 놔둘 수는 없기 때문이다.

† † †

한창 헌터 협회에서 이기동이 3대 클랜이 몬스터 웨이브를 대비 협조 요청을 거절한 문제로 고민을 하고 있을 당시, 정진도 어떻게 하면 몬스터 웨이브를 최소한의 피해로 막아낼 것인지 회의를 하고 있었다.

"김지웅 상무님! 헌터들은 어떻게 하고 있습니까?"

"예, 현재 클랜 소속 헌터들은 500명씩 각 쉘터에 분산되어 몬스터 웨이브에 대비해 비상대기 상태에 있습니다."

몬스터의 이상 상태가 보고되고 전 세계적으로 경계령이 떨어진 지금 시점에서 헌터들은 몬스터 헌팅을 나가지 않고 안전한 쉘터에서 대기를 하거나, 아니면 게이트 입구에서 대기하고 있는 중이었다.

"그런데 영원의 숲에 서식하고 있는 몬스터의 동향은 아직도 그대로인가요?"

정진은 보고를 하던 김지웅에게 물었다.

다른 곳에 있는 몬스터는 다 자취를 감췄는데, 특이하게 영원의 숲에 자리하고 있는 몬스터는 아무런 변화가 없었기 때문이다.

"예, 영원의 숲 곳곳에 설치한 CCTV를 살펴본 결과, 이전과 전혀 달라진 것이 없었습니다."

"음……."

영원의 숲에 서식하는 몬스터에게만 이상 징후가 보이지 않는다는 것은 참으로 희한한 일이 아닐 수 없었다.

다른 지역의 몬스터들은 어디로 갔는지 자취를 찾을 수가 없는데, 영원의 숲에 서식하고 있는 몬스터들은 무엇 때문인지 이전과 아무런 변화 없이 그저 영원의 숲 내부에서 평상시 그대로 활동을 하고 있었다.

"혹시 몬스터 웨이브가 영원의 숲과 같은 금역으로 알려진 지역의 몬스터에게는 영향이 없는 것이 아닐까요?"

가만히 회의를 듣고 있던 이진한이 문득 떠오른 의문을 말했다.

"그게 가능한 일입니까?"

"그건 확신할 수는 없지만, 2차와 3차 몬스터 웨이브 당시 금역에 서식하는 몬스터가 나왔다는 기록은 없던 것으로 알고 있습니다."

이진한은 국방부 산하 몬스터 대응군에 복무할 당시에 교육받았던 내용을 떠올리며 이야기했다.

대한민국 정부는 1차 몬스터 웨이브 때 전혀 대비하지 못하고 속수무책으로 당한 것에 경각심을 가지고 헌터들을 규

합해 헌터 협회를 만들었다.

처음에는 헌터 협회를 만들어 헌터들을 통제하려 했지만, 민간인인 헌터들이 이에 반발해 자칫 폭동이 일어날 뻔했다.

그도 그럴 것이, 그동안 헌터들은 목숨을 걸고 몬스터를 사냥해도 얻는 것이 별로 없었는데, 정부에서 몬스터에 관해 일률적인 가격을 매기고 구매하여 대기업에 넘겼기 때문이다.

이는 자본주의 사회에서 절대 있을 수 없는 시스템이었지만, 개인인 헌터가 국가기관을 상대로 어떻게 할 수 있는 일이 아니었기에 당시엔 어쩔 수 없이 따랐다.

그런데 이제는 마치 민간인인 자신들을 징집된 군인처럼 사용하려고 하니, 참지 못하고 들고 일어난 것이다.

그렇게 순종적이던 헌터들이 집단행동을 하기 시작하자 정부로서는 당황하지 않을 수 없었다.

거기에 정부의 꼭두각시로 심어놓은 헌터 협회장이 정부와 뜻을 같이하는 것이 아니라 헌터들과 행동을 같이하게 되면서 정부의 계획이 무산이 되었고, 헌터 협회는 헌터들이 선출한 후보와 협회를 만들 때 자금을 지원한 재계에서 추천한 후보, 그리고 마지막으로 정부의 추천을 받은 세 명의 후보 중에서 선출을 하기로 약관을 정하게 되었다.

그 뒤로 헌터 협회는 헌터의 이익을 대변하면서도 정부 시책에 되도록 따르는 방향으로 정책을 펼쳤다.

어찌 되었든 대한민국 헌터 협회는 대한민국 땅에 존재하며, 소속 인원들은 모두 대한민국 국민이었기 때문이다.

정부는 처음 계획과는 다르게 헌터 협회가 자신들 마음대로 휘두를 수 없게 되자 다른 방향을 모색하였는데, 헌터가 민간인 신분이었기에 계획에 차질이 생겼다는 교훈을 잊지 않고 정부 시책에 보다 적극적으로 따르는 집단 중 무력을 가진 집단, 즉 군인들을 활용하기로 결정했다.

군인들 중에서 애국심이 투철하거나 몬스터에게 가족을 희생당한 군인들 위주로 차출하거나 지원을 받아 몬스터 전문 부대를 창설했다.

그것이 바로 몬스터 대응군이었다. 많은 시행착오를 거치면서 몬스터 대응군이 만들어 지게 되었고, 이들은 헌터를 대신해 몬스터에게 점령된 국토를 수복하는 작전을 수행했다.

이진한은 일찍 결혼을 한 것 때문에 가족을 부양하기 위해 부사관을 지원했고, 보다 많은 보수를 준다는 말에 몬스터 대응군에 지원하게 되었다.

그 안에서 몬스터에 대한 교육과 함께 몬스터가 처음 지구에 나타난 것과 게이트가 나오면서 지구가 겪었던 1, 2 ,3차 몬스터 웨이브, 몬스터 대응군이 무엇 때문에 만들어 졌는지에 대한 역사를 알게 되었는데, 그때 당시 배운 것 중 일부를 회의 중에 알린 것이다.

물론 자신이 한 말에 확신이 있는 것은 아니다.

그저 기록상으로 남아 있는 자료를 토대로 군 내부에서 판단한 내용일 뿐이었다.

"잘 들었습니다. 방금 한 말이 사실인지는 좀 더 조사를 해볼 필요가 있겠습니다. 만약 그 말이 사실이라면 이번 몬스터 웨이브를 막아내는 데 한결 편해질 겁니다."

이진한은 클랜장인 정진의 대답을 듣고 살짝 미소를 지었다.

다른 것도 아니고 몬스터 웨이브를 막기 위해 뭔가 도움이 되었다는 생각에 뿌듯해진 것이다.

"4대 금지를 살펴보고, 만약 그곳에 아직도 몬스터가 남아 있다면 몬스터 웨이브가 오는 방향을 알 수도 있으니, 지금처럼 어느 방향에서 몬스터 웨이브가 시작될지 모르는 것보다 막아내기 쉬워질 것이라 생각됩니다."

"듣고 보니 그 말이 맞는 것 같습니다."

이 자리에 앉아 있는 간부들은 적어도 한 번 이상은 몬스터 웨이브를 경험해 보았고, 그때마다 대한민국이 어떻게 되었는지 잘 알고 있었다.

그런데 회의를 하다 보니 어쩌면 적은 피해로 웨이브를 막아낼 수 있다는 희망이 생긴 것이다. 덕분에 회의는 조금 더 활발하게 이루어지기 시작했다.

"클랜장님!"

조용히 듣고 있던 이정진이 클랜장인 정진을 불렀다.

"예, 말씀하십시오."

"마법사들은 어떤 준비를 하는지 알고 싶습니다."

이정진은 조용히 회의 내용을 듣고 있다가 어느 정도 회의가 마무리 되어가는 듯하자 질문했다.

아케인 클랜에는 정진을 비롯한 정은, 정수 그리고 자신의 딸인 수연이가 마법사로 있었다.

마법사도 아케인 클랜 소속이고, 또한 헌터였다.

현재 다른 헌터들은 각 아케인 쉘터에 대기를 하고 있다. 그런데 정진이 마법사들은 아카데미에서 뭔가를 만들고 있다고만 할 뿐, 몬스터 웨이브에 대비시키지 않고 있어 궁금증을 참지 못하고 질문한 것이다.

"예, 그렇지 않아도 그 말씀을 드리려 했습니다."

정진의 말이 떨어지기 무섭게 회의장에 있던 간부들의 시선이 모두 정진에게 쏠렸다.

많은 사람들의 관심이 집중되자 정진은 차분하게 그들이 무슨 일을 하고 있는지 설명하기 시작했다.

"마법사들은 몇몇 헌터들의 도움을 받아 몬스터 웨이브 때 사용할 아티팩트를 생산하고 있습니다."

"아!"

정진의 말이 끝나기 무섭게 한 쪽에서 감탄성이 흘러나왔다.

하지만 정진은 그런 것을 무시하고 계속해서 이야기를 계속했다.

"현재 우선적으로 신형 매직 아머를 생산하고 있으며, 따로 폭발 마법이 인챈트된 화살촉을 만들고 있습니다."

정진은 몬스터 웨이브의 전조가 보이자마자 제라드가 공방에 만들어 둔 마도구에서 힌트를 얻어 마법을 인챈트할 수 있는 도구를 만들었다.

시간이 촉박한 관계로 정진이 만든 마도구는 제라드가 만든 마도구처럼 완벽한 것이 아닌, 조금 변형이 된 것이었다.

하지만 기능적으로는 제라드의 것과 전혀 다르지 않았다.

자동으로 모양을 만들고 마법진을 인챈트하는 것이 아니라, 금속을 녹여 틀에 부어 화살촉을 만들고, 화살촉이 식기 전에 폭발 마법이 새겨진 틀을 찍어 화살촉에 마법을 인챈트 하는 방식이었다. 그리고 다시 음각된 마법진에 마정석 녹인 물을 부어 마법진을 완성하는 것이다.

이는 무척이나 단순한 작업으로, 아직 4클래스 마법사인 정은이나 정수는 물론이고 3클래스 마스터가 된 수연도 충분히 할 수 있는 일이었다.

다른 공정은 기계로 대신할 수 있지만, 마지막에 마정석을 인챈트하고 그것을 활성화할 수 있는 것은 마법사뿐이라 이들에게 마무리 작업을 시킨 것이다.

만약 제라드였다면 마무리 작업도 마도구가 하게 만들었을 테지만, 정진은 아직 그 정도의 경지에 이르지 못했기에 마무리 작업은 마법사가 직접 해야 했다.

이런 정진의 설명을 모두 들은 간부들은 정진의 준비성에 감탄했다.

이 자리에 앉아 있는 간부들은 마법 화살이 얼마나 대단한 위력을 가지고 있는지 잘 알고 있었다.

마법 화살은 한 발 한 발이 마치 유탄처럼 폭발하는데, 유탄과 다른 점은 촉이 박히면 겉 부분이 충격을 받는 것이 아니라, 몸 안에서 폭발을 하면서 타격을 입히게 된다는 것이다.

그동안 정진은 폭발 마법이 인챈트된 화살을 쓰게 되면 공격을 받은 몬스터에게서 많은 부산물을 얻을 수 없기에 생산하지 않은 점도 있지만, 무척이나 위험하게 활용될 가능성을 생각해 많은 수량을 만들지 않았다.

다만 감당하지 못할 몬스터가 출현했을 때 수익보다는 소속 헌터의 안전을 최우선으로 생각해 위기에서 벗어날 수 있도록 사냥을 나가는 헌팅 파티나 팀에게 꼭 폭발 마법이 인챈트된 화살을 일정 분량 챙겨가게 하고 있었다.

　간부들은 그런 폭발 마법 화살을 대량생산하고 있다는 말에 감탄하고 놀란 것이다.

　이렇게 아케인 클랜은 위에서부터 아래까지, 모든 클랜 소속 헌터들이 4차 몬스터 웨이브를 대비해 만바의 준비를 하고 있었다.

Chapter 7
한중 갈등

타다닥! 타다닥!

드넓은 들판을 타라칸이 달리고 있었다.

평소와 다르게 축소시켰던 몸을 원래 크기로 되돌린 상태에서, 마치 영화의 한 장면처럼 바람을 가르듯 새하얀 털을 날리며 달리는 타라칸의 모습은 아름다웠다.

그리고 그 위에서 정진은 바람을 맞으며 무표정하게 앉아 있었다.

어떻게 보면 한가한 모습이었지만, 지금 정진은 이진한 이사가 한 말을 확인하기 위해 직접 나선 상황이었다.

4대 금지의 몬스터는 몬스터 웨이브에 영향을 받지 않을 수도 있다는 가설이 확인된다면, 보다 쉽게 몬스터 웨이브에 대응할 수 있을 것이다.

그러니 이 일은 한시라도 빨리 확인을 해야 할 상황이고, 지금 가장 빠르게 움직일 수 있는 사람은 아무리 생각해도 자신뿐이었다. 클랜장으로서 밑에 사람에게 맡길 수도 있는 일이지만, 언제 4차 몬스터 웨이브가 발생할지 모르는 긴급한 상황이라 어쩔 수 없었다.

다른 할 일이 많기는 했지만, 우선순위는 몬스터 웨이브에 대한 대응이라 판단하고 이렇게 4대 금지를 돌기 위해 타라칸과 함께 아케인 쉘터를 나온 것이었다.

영원의 숲이야 이미 확인을 했기 때문에 굳이 영원의 숲을 돌아볼 필요는 없었고, 숲에서 남서쪽으로 한 달 정도 가면 나오는 독룡의 대지를 향했다.

첫 번째로 찾아가는 독룡의 대지는 정말로 독룡이 살고 있는 것이 아니라, 지독한 독가스를 뿜어내는 늪지대였다.

그 크기도 결코 작지 않아 경기도 전체 크기에 1.5배에 달하는, 영원의 숲에도 뒤지지 않을 정도로 넓은 곳이었다.

이 독룡의 대지는 깊은 곳은 그 깊이를 헤아릴 수 없이 깊은 반면, 그렇지 않은 곳은 사람 발목 정도만 빠지는 뻘로 이루어져 있는 곳도 있었다.

그런데 이런 곳이 왜 독룡의 대지라 불리게 됐을까. 그것은 이곳에 서식하고 있는 모든 생명체가 독을 함유하고 있기 때문이었다.

이곳에 자생하고 있는 나무나 풀은 물론이고, 늪에 사는 벌레나 곤충, 그리고 수생생물까지도 하나같이 모두 독을 품고 있었다.

또한 독룡의 대지에 최상위 포식자인 커다란 물뱀은 이런 독을 품고 있는 생물들의 정점에 있는 포식자였다.

보통 덩치가 큰 동물은 독을 가지고 있지 않은 것이 대부분이다. 이는 생물학적으로 독이란 것이 작은 동물이 커다란 덩치를 가진 경쟁자로부터 자신을 보호하기 위한 수단이나, 자신보다 덩치가 큰 먹이를 쉽게 제압하기 위해 진화시킨 무기이기 때문인데, 독룡의 대지를 지배하는 이 지배자는 그렇지 않았다.

20m에 이르는 기다란 몸에, 지름이 1m나 되는 엄청난 크기에도 불구하고 엄청난 독을 가진 독뱀이었다.

피부에는 헌터의 칼질에도 상처를 입지 않을 정도로 단단한 비늘을 가지고 있으면서, 품고 있는 독은 너무도 지독해 재생력이 뛰어난 트롤조차 한 방에 중독시킬 수 있을 정도로 강력한 독을 가졌다.

그런데 아이러니한 것은 이 독룡의 대지의 지배자가 이렇듯 강력한 독을 가질 수 있던 것은 전적으로 이곳에 서식하고 있는 생물들과 늪지에 있는 물 때문이다.

모든 생명체와 물까지 전부 독을 품고 있다 보니, 그것들을 항상 섭취하는 독뱀의 몸에는 오래전부터 독들이 차곡차곡 쌓일 수밖에 없었다.

태어날 때는 독을 품지 않았던 생물이 성장을 하면서 자연스럽게 몸에 독이 축적이 되고, 여러 종류의 독을 오랜 기간 섭취를 하다 보니 그 독들이 혼합 작용을 하여 독룡의 대지에서 가장 지독한 독을 가진 생명체가 된 것이다.

이렇게 강력한 독을 가지게 된 지배자는 그 독을 기반으로 자신보다 강력한 생물들을 잡아먹기 위해 점점 몸집을 키웠고, 이제는 독룡의 대지에서 가장 커다랗고 강력한 존재가 되어 이 넓은 대지의 지배자의 자리에 올랐다.

마치 아마존 늪지의 지배자인 아나콘다처럼 말이다.

아마존 정글과 늪지대에는 많은 포식자들이 있는데, 재규어나 커다란 수달, 남미 악어인 카이만과 함께 최상위 포식자의 자리에 위치한 아나콘다는 성체가 되기 전까지는 다른 포식자의 먹이가 될 수밖에 없다.

하지만 세월이 지나 다 자라게 되면 아나콘다는 5m 이상으로 크게 자라게 되는데, 암컷 중 큰 놈은 10m에 이르는 놈도 있다.

이처럼 다 자란 아나콘다는 자랄 때까지 자신을 먹이로 생각했던 카이만이나 수달, 그리고 최강의 포식자인 재규어까지 먹이로 삼는다.

독룡의 대지의 지배자도 비슷한 성장 과정을 거치고 지금에 이르렀다.

우연히 지배자를 본 헌터들이 지배자를 용이 되다 만 이무기라 불렀는데, 참으로 지배자의 모습과 잘 들어맞는 이름이었다.

이전에는 그저 독지 또는 대습지 정도로 불리던 것이 어느새 이무기의 땅이라 하여 독룡의 대지라 불리게 되었다.

정진은 그 이야기를 들었을 때 지배자인 이무기의 크기나 생김새를 듣고 프로즌 스네이크라는 몬스터가 아닌가 하는 생각이 들었다.

하지만 프로즌 스네이크는 그렇게까지 크지 않았다.

물론 대형 뱀으로 7~8m까지 자라는 것도 있긴 하지만, 20m는 어느 기록에도 없는 크기다.

그 때문에 혹시 타라칸처럼 챔피언으로 진화한 것은 아닐까 하는 생각을 하게 되었다.

정진과 타라칸은 한참을 달려 독룡의 대지 입구에 도착했다.

독룡의 대지는 그 이름처럼 저 멀리서 달려올 때부터 다른 지역과 다른 모습이었다.

그 독기가 얼마나 대단한지, 푸르스름한 안개가 낀 것처

럼 땅 위 대기가 연녹색을 하고 있는 것이 들어가기가 무척
이나 꺼림칙했다.

"딱 보기에도 위험해 보이는데, 헌터들은 뭐하러 저길 들
어갔던 거지?"

정진은 자신도 모르게 작게 중얼거렸다. 하지만 이제 와
서 꺼림칙하다고 들어가지 않을 수는 없었다.

"흠, 가자!"

정진은 타라칸의 등에서 내려와 걷기 시작했다.

언제 무슨 일이 벌어질지 모르는데 타라칸의 위에 있는 것
은 자칫 위험한 일을 자초할 수가 있다. 아무리 자신이 7클
래스 마도사라 하지만 방심은 금물이었다.

만약 마법의 최고 경지인 9클래스에 들어선다면 또 모르
겠지만, 아직은 방심할 수 없었다. 독룡의 대지가 달리 4대
금지에 들어가는 것이 아니니 말이다.

정진에겐 같은 4대 금지지만 영원의 숲이 차라리 나았다.

마도사에게 영원의 숲에 분포된 짙은 마나의 농도는 영약
이나 마찬가지이기 때문이다.

하지만 독룡의 대지에는 짙은 마나가 아닌, 독무가 그 자
리를 차지하고 있었다.

독무를 흡입했다고 해서 바로 정신을 잃고 죽는 것은 아
니지만, 제대로 된 치료를 받지 않는다면 오래 가지 않아

정신을 잃고 쓰러질 것이다.

그렇게 쓰러지게 된다면 굳이 독룡의 대지가 아니어도 몬스터가 들끓는 뉴 어스에서 생존을 장담할 수 없을 것이다.

하물며 독룡의 대지에는 수많은 독물과 독충, 그리고 그것들을 포식하며 강력한 독을 지니고 있는 몬스터가 수두룩했다.

"포이즌 배리어!"

정진은 독룡의 대지에 들어가기 전에 독으로부터 몸을 지킬 수 있는 배리어 마법에 안티 포이즌 마법을 결합하여 독이 자신에게 접근하지 못하게 만드는 마법을 펼쳤다.

찌걱, 찌걱.

독룡의 대지에 들어온 지 얼마 되지도 않았는데, 금방 바닥은 진창이 되어 걸을 때마다 질척거려 걷기가 무척이나 불편했다.

"라이프 디텍트!"

정진은 우거진 수풀과 푸른 독무로 인해 시계가 그리 밝지 않자, 생명체 추적 마법을 펼쳤다. 마법이 펼쳐지자 마치 나이트 비전을 켠 것처럼 정진의 눈에 푸른 독무가 걷히고, 주변의 풍경이 보이기 시작했다.

"이제 좀 낫군."

시계를 가리던 독무가 걷힌 듯 사물이 또렷하게 보이자,

정진의 마음도 안개가 걷히듯 편안해졌다.

첨벙첨벙.

독무가 걷힌 것은 좋았지만, 갈수록 발목이 물에 잠기기 시작했다.

어느새 바닥은 질척이던 뻘에서 발목이 잠기는 늪지로 변해 버렸다.

얼마를 걸었을까. 어느 순간 저 멀리서 생명 반응이 보였다.

정진의 눈에 저 멀리 붉은 불꽃이 초록색 나무 위에 웅크리고 있는 모습이 포착된 것이다.

라이프 디텍트 마법이 유지되고 있는 상황에서 나무 위 짐승의 색깔이 붉은색으로 보인단 것은 바로 적의를 뜻하는 것으로, 독룡의 대지로 들어오는 정진과 타라칸을 적으로 인식하고 있는 듯했다.

그런데 특이한 점은 적의를 나타내는 붉은빛뿐만 아니라, 보라색 불빛도 함께 보인다는 것이다.

이는 당혹 내지는 위협을 느꼈을 때 나타나는 색으로, 아마도 타라칸이 자신보다 강한 존재란 것을 느끼고 어떻게 할지 고민을 하는 것으로 판단되었다.

정진은 독룡의 대지에 몬스터가 남아 있는지 확인하기 위해 온 것이니, 굳이 적의를 나타내고 있는 저 짐승에게 더 이상 접근할 필요성을 느끼지 않아 가던 걸음을 돌려 다른 방향으로 걸으면서 나무 위 짐승으로부터 멀어지기 시작했다.

샘플 한 마리만 확인하고 돌아가기에는 지금 처한 상황이 간단하지 않기에 정진은 다른 곳에도 몬스터가 있는지 한 번 더 확인하려 했다.

얼마 지나지 않아 정진은 또 다른 생명 반응을 찾아냈다.

이번에는 아직 자신이 발견한 것을 상대가 인식하지 못하고 있는 것 같았다.

독룡의 대지에는 어찌 된 것인지 바람이 전혀 불지 않아 냄새가 퍼지지 않았고, 정진이 먼저 발견을 하고 몸을 숨겼기에 아직까지 포착하지 못한 것 같았다.

"독룡의 대지는 변화가 없는 것 같군! 그럼 거인의 왕국으로 갈까? 아니면 죽음의 협곡으로 갈까?"

한 마리를 더 확인하자 정진은 4대 금지 중 한 곳을 더 확인해 보기로 하고 어느 곳으로 갈 것인지 고민을 하기 시작했다.

거인의 왕국은 말이 왕국이지 도시가 있고 그런 곳이 아니라, 커다란 산맥에 중(重)형 이상의 몬스터가 집단적으로 분포해 있는 곳이다.

그리고 4대 금지 중 가장 넓은 영역을 가지고 있기도

했다.

영원의 숲이 풍부한 마나로 인해 숲이 우거져 미로를 형성하고 방향감각을 빼앗아 강력한 몬스터에 의해 위험 지역으로 알려졌다면, 거인의 대지는 비슷한 조건을 가지고 있지만 영원의 숲과 달리 모든 몬스터의 덩치가 무척이나 크다는 것으로 알려졌다.

그곳에 서식하고 있는 최하위 몬스터조차 4~5m에 이를 정도로 컸다.

그런데 믿기지 않게도 그 최하위 몬스터가 바로 오크였다. 오크의 키가 4~5m나 되고, 보다 상위 몬스터는 타라칸의 경쟁자였던 자이언트 트롤인 부아칸처럼 커다란 덩치를 가졌다.

그랬기에 이곳을 처음 발견한 헌터는 이 지역의 몬스터가 비상식적으로 커다란 것을 알게 되자 소설 걸리버 왕국에 나오는 거인 왕국을 차용해 거인의 왕국이라 명명했다.

4대 금지 중 마지막인 죽음의 협곡은 가장 작은 크기를 가지고 있으면서도, 지금까지 가장 많은 헌터가 목숨을 잃은 곳이다.

겉으로 보기에는 그저 평범한 협곡이지만, 해가 지면 그 모습이 180도 변한다.

초기에 헌터들이 자꾸 협곡에 들어갔다가 돌아오지 않는

것을 이상하게 여긴 헌터 협회에서 조사단을 죽음의 협곡에 파견했는데, 조사단이 협곡 안에 들어가 확인한 것은 죽어 있는 헌터들뿐이었다.

조사단은 그들이 죽은 원인이라도 알고자 헌터들의 상처를 살펴봤는데, 밝혀낸 것은 그저 누군가의 습격을 받았다는 것뿐이었다.

헌터들을 습격하는 다크 헌터의 공격을 받았다는 추측이 나오기도 했지만, 그렇다고 하기에는 이들이 가지고 있던 몬스터 부산물이나 마정석의 양이 너무도 적고, 가져가지도 않은 그대로였다.

더욱이 죽어 있던 헌터들은 이름 없는 소규모 헌터도 아니고, 제법 이름이 알려진 중견 헌터 클랜의 몬스터 사냥 파티였다.

그런 파티가 몰살을 하였으니, 당연히 의심을 할 수 밖에 없었다.

결국 조사관들은 한 가지 사실을 더 밝혀냈는데, 이들이 무엇 때문인지 모르지만 미쳐서 서로를 공격했다는 결론이 나왔다.

죽은 헌터들이 들고 있던 무기에 묻은 혈흔에서 다른 헌터들의 DNA가 발견되었기 때문이다.

시간이 흐른 지금도 이들이 어떤 원인으로 서로를 공격했는지는 밝혀진 것이 없었다.

그 후로도 이곳에 들어왔던 헌터들이 계속해서 죽어나가면서 헌터들은 죽음의 협곡이라 부르며 들어가지 않게 되었다.

정진은 거인의 왕국과 죽음의 협곡 중 어느 곳을 방문할 것인지 고심을 하다 죽음의 협곡을 살피기로 결정했다.

사실 거인의 왕국에 있는 몬스터야 어차피 영원의 숲에 있는 몬스터와 비슷하고 확인하기도 쉬웠다.

물론 영원의 숲에서 보지 못한 대형 몬스터가 있기는 하겠지만, 굳이 지금이 아니더라도 나중에 볼 수 있다고 생각했다.

하지만 죽음의 협곡은 아니었다. 아직까지 그곳에 들어간 헌터들이 무엇 때문에 미쳐서 서로를 공격하였는지 원인이 밝혀지지 않았다는 사실은 마법사로서의 호기심을 자극했다.

어차피 몬스터 웨이브에 대비해 한 곳을 확인해야 한다면 미스터리한 헌터들의 죽음에 궁금증을 느낀 죽음의 협곡을 가는 것이 낫다고 판단한 것이다.

하지만 죽음의 협곡이나 거인의 왕국을 가기 위해선 게이트를 넘어 지구로 귀환을 해야 했다.

거인의 왕국이나 죽음의 협곡은 신림동 게이트가 아닌, 대전 게이트를 통해 들어가야 했기 때문이다.

게이트가 같은 한반도 내에 있다고 해서 뉴 어스에서도 가까운 곳에 떨어지는 것은 아니다.

뉴 어스는 아직도 전인미답의 지역이 허다했고, 게이트가 나타난 지 30년이 넘었지만 아직까지 뉴 어스에서 게이트와 게이트가 연결된 곳은 한군데도 없었다.

그만큼 뉴 어스와 지구를 연결하는 게이트는 미스터리한 존재였다.

† † †

청와대.

노승민 대통령은 이른 아침부터 청와대를 찾아온 중국 대사로 인해 무척이나 기분이 좋지 않았다.

이렇게 이른 시간에 찾아오는 것은 외교적으로 결례였다.

하지만 중국 대사인 천수왕은 전혀 그런 생각이 없는지, 다짜고짜 찾아와 격앙된 목소리로 항의를 쏟아냈다.

"지금 북한 지역에 투입한 군 병력을 즉각적으로 빼십시오."

천수왕 대사는 자신이 마치 맡겨놓은 물건을 달라는 것처럼 너무도 쉽게 말을 하고 있었다.

"그렇게는 못합니다. 그리고 우리나라의 일은 우리가 알아서 합니다. 중국은 지금 내정간섭을 하려는 겁니까?"

노승민 대통령은 아침부터 찾아와 헛소리를 하는 천수왕 대사 때문에 짜증이 났지만, 화를 가라앉히며 대답했다.

하지만 그런 노승민 대통령의 심정을 아는지 모르는지, 천수왕은 무턱대고 고집을 부렸다.

"한국의 군사작전 때문에 몬스터가 중국으로 넘어오고 있지 않습니까? 그 때문에 얼마나 많은 중국 인민들이 피해를 입었는지 아십니까? 우리 중국 인민들이 입은 피해는 전적으로 한국 때문이니, 피해 보상을 해야 할 겁니다."

노승민 대통령은 천수왕 대사의 말에 어처구니가 없었다.

분명 자신들이 몬스터 웨이브가 일어나기 전에 북한 지역에 분포하고 있는 몬스터를 공동으로 처리하자고 협조 요청을 중국에 보냈다.

그리고 당시 공문에 중국이 협조를 하지 않더라도 한국은 몬스터 웨이브가 일어나기 전에 피해를 줄이기 위해서라도 독자적으로라도 북한 지역에 있는 몬스터를 공격할 것이라고 했다.

이때 분명 북한 지역에 있는 몬스터가 자신들의 공격을 피해 압록강과 두만강을 넘어 중국으로 건너갈 수도 있다고 경고를 했는데, 중국은 이런 경고를 무시하고 한국 마음대로 하라고 통보했다.

그런데 이제 와서 자신들이 피해를 입었다고 피해 보상을 하라는 것은 말도 되지 않는 억지였다.

하지만 중국이 이렇게 억지를 쓰는 것은 이유가 있었다.

한국이 북한 지역의 몬스터를 처리하기 위해서 자신들에게 공동 대응을 하자고 했을 때, 중국 지도부 일부가 욕심을 부렸다.

한국 정부가 능력이 부족해 자신들에게 도움을 청했으니, 당연히 그에 합당한 대가를 받아야 한다는 생각에 그동안 자신들에게 할당된 포션의 양을 늘려달라는 요구를 한 것이다.

하지만 이는 들어줄 수 없는 요구였다.

몬스터 웨이브가 시작되면 북한 지역의 몬스터는 대한민국에도 커다란 위협이 될 존재지만, 중국 또한 마찬가지였다.

그런데도 그런 요구를 한다는 것은 상식적으로 납득이 가지 않는 요구라 할 수 있었다.

물론 북한 지역은 대한민국 헌법에 대한민국의 영토라 명명되어 있지만, 국제법에는 인류 공통의 적인 몬스터에 관련해서는 공동 대응을 하게 되어 있다.

그렇기 때문에 대한민국도 포션을 일정 비율 외국에 수출하는 것이었다.

만약 그렇지 않았다면 지금보다 더 비싼 값에 판매했을 텐데, 중국이 이처럼 적반하장으로 나오니 노승민 대통령으로서는 화가 나지 않을 수 없었다.

"우리 대한민국 군의 군사작전은 이미 중국 측에 통보를 한 것이니, 이후의 피해는 막아내지 못한 중국 정부의 문제지, 우리의 문제가 아니오."

이미 사전 협조 공문을 보냈는데도 이제 와서 손해 배상을 하라는 중국의 말은 일고의 가치가 없는 헛소리였다.

그런 노승민 대통령의 답변에 천수왕 대사는 대번에 인상을 구겼다.

"소국이 대국의 심기를 거슬러 좋을 것이 없습니다."

말문이 막힌 천수왕 대사는 급기야 노승민 대통령에게 협박성 발언을 하였다.

하지만 그런 천수와 대사의 발언에도 노승민 대통령은 편안한 표정으로 여유 있게 대응했다.

"훗, 지금이 어느 때인데 소국이니, 대국이니 합니까? 그리고 지금 중국이 우리 대한민국에 비해 대국이라고 할 수 있습니까?"

사실 몇 년 전이었다면 노승민 대통령은 중국 대사인 천수왕에게 이런 말을 하지 못했을 것이다.

땅도 크고, 인구 또한 엄청나며, 군사력이 세계 3위에 있는 중국이다.

더욱이 게이트와 몬스터, 헌터 등으로 현대 사회의 근간이 새롭게 바뀌게 되면서 중국은 경제 규모 또한 엄청나게 커졌다.

인구 수만큼이나 많은 헌터로 인해, 중국은 세계 최대의 마정석 및 몬스터 부산물 수출 국가가 될 수 있었다.

그러다 보니 많은 국가들이 중국에서 수출하는 마정석과 몬스터 부산물로 인한 경제적 예속을 받고 있었다.

즉, 중국 입장에서는 외교적으로 필요할 때면 마정석과 몬스터 부산물 수출 쿼터를 줄여 길들이기를 할 수 있었다.

그런 길들이기를 통해 중국은 막대한 외교적, 경제적 이득을 취해 왔다.

대한민국도 전에는 이런 중국의 외교로 인한 상당한 피해를 입었다.

하지만 그것도 수년 전부터 상황이 역전됐다.

대한민국에서 대체 불가의 수출 물건이 나왔기 때문이다.

몬스터 산업의 꽃이라 할 수 있는 아머드 기어와, 파워 슈트에 버금가는 물건이 대한민국에서 수출되기 시작했던 것이다.

아티팩트, 매직 웨폰과 포션이 바로 그것이었다.

특히 아티팩트와 포션은 공급이 수요를 따를 수 없는 물건이었다.

이는 중국의 최고 권력자들은 물론이고 전 세계의 권력자들이 누구나 가지길 원하는, 보다 많은 것을 확보하려고 기를 쓰고 노력을 하는 물건이다.

그러다 보니 더 이상 중국은 마정석과 몬스터 부산물 수출 쿼터로 대한민국을 압박할 수가 없게 되었다.

아니, 대한민국은 더 이상 중국산 마정석과 몬스터 부산물을 손질하지 않아도 될 정도로 마정석과 몬스터 부산물의 생산량이 늘어나 이제는 수출을 하는 지경에 이르렀다.

그러니 이제는 중국에서 한국 정부의 눈치를 봐야 할 처지에 놓이게 되었다.

중국은 어떻게 해서든 아티팩트와 포션의 쿼터를 늘리기 위해 외교적 노력을 기울였다.

하지만 대한민국 정부는 생산량의 한계로 어느 한 국가를 위해 수출 물량을 늘려줄 수 없다는 입장을 고수했다.

만약 그 국가를 위해 수출 쿼터를 조정하게 되면, 다른 나라들이 그만큼 손해를 보기 때문이란 이유에서였다.

그러기에 중국은 지금까지 억지를 부릴 수 없었는데, 대한민국 정부가 중국 정부에 북한 지역의 몬스터 퇴치에 관해 협조 요청을 하자 꾀를 낸 것이다.

사실 중국 정부도 북한 지역에 분포하고 있는 몬스터는 여간 골칫거리가 아닐 수 없었다. 북한 지역에 있는 몬스터 중 일부가 종종 중국 동북삼성으로 넘어와 피해를 입혀 왔기 때문이다.

그때마다 중국 정부는 헌터들을 동원해 국경을 넘어온 몬스터를 처리하곤 했지만 그때뿐이었다. 북한 지역에 있는 몬스터는 차고 넘쳤다.

그 숫자가 물경 천만에 육박할 정도로 많았기에, 아무리 중국이 가장 많은 헌터를 보유하고 있고, 북한 지역에 있는 몬스터가 뉴 어스에 있는 몬스터에 비해 많이 약해졌다고 해도 그것들을 모두 감당할 수는 없었다.

그렇다고 인민들에게 자신의 안전을 지키라고 무기를 나눠줄 수도 없었다.

그렇지 않아도 내부적으로 독립을 요구하며 무장봉기를 하려는 민족들이 있는데, 무기를 나눠주었다가는 어떤 사단이 벌어질지 빤했기에 중국 정부에게 있어서 북한 지역의 몬스터는 내부 분리 독립을 주장하는 이들과 마찬가지로 골칫거리였다.

중국 정부는 부족한 아티팩트와 포션을 확보하기 위해 명분을 쌓자는 꾀를 냈다. 그런데 그 명분이란 것이 서로 협력을 하여 몬스터를 처리한 후에 대가로 아티팩트와 포션을 요구하자는 것이 아니라, 자신들이 협조 요청을 거절했을 때 한국 정부가 어떻게 나올지 뻔히 알면서도 그 뒤에 벌어질 자신들의 피해를 확대하여 한국 정부를 압박하겠다는 작전이었다.

실제로 한국 정부는 자신들의 거절에 단독 작전을 펼쳤고, 그 결과 북한 지역에 있던 몬스터는 밀리고 밀려 국경인 압록강과 두만강을 넘어 중국 땅으로 넘어갔다.

중국 땅에 넘어온 몬스터는 한국 군대에게서 쫓겨온 것을 분풀이라도 하는 것처럼 동북삼성에 퍼지며 날뛰기 시작했다.

웃긴 것은 그 명분을 위해 중국은 뉴 어스에 몬스터가 사라지는 이변이 발생하면서 중국 내 헌터들이 손을 놓고 있는 상황에서도 이들을 동원해 몬스터에게 피해를 입고 있는 동북삼성을 구하려 하지 않았다는 것이다.

일부러 피해를 키워 한국 정부에 책임을 묻기 위해서였다.

사실 이런 중국의 억지는 이미 예견된 것이었다.

한국은 북한 지역의 몬스터를 퇴치하기 위해 군사작전을 펼치게 되면 분명 이런 문제가 발생할 것을 예상하고 군 장성들은 물론이고, 국가안전보장회의(NSC)가 소집되어 장

시간 회의를 했다.

회의에서 얻은 결론만 말하자면 굳이 중국의 억지에 끌려갈 필요가 없다는 것이다.

한 번 약세를 보이면 중국은 끊임없이 억지를 부리며 대한민국의 행보에 발목을 잡으려 할 것이다.

그렇기에 노승민 대통령은 지금 천수왕 중국 대사에게 사전에 이미 통보한 상황을 가지고 무엇 때문에 따지냐는 단호한 대처를 할 수 있었다.

천소왕 대사는 이런 적이 처음이었기 때문에 할 말을 잊었다.

예전엔 자신이 화를 내고 겁박을 하면 한국의 대통령이나 총리 등은 고개를 숙이며 허리를 낮췄다.

그때마다 대국인이란 것에 자부심을 느꼈던 것이다.

하지만 지금은 그런 생각이 전혀 들지 않고 통하지 않자 계속해서 억지를 부렸다.

"어찌 되었든 한국 때문에 북한 지역에 있던 몬스터가 우리 중국 국경을 넘어 우리 인민들이 피해를 입었으니, 한국이 책임지십시오."

"중국이 막지 못해 벌어진 불행한 사태를 왜 우리 보고 책임을 지라는 것이오. 평소에도 헌터 강국이라고 그렇게 자랑을 하던 중국이 그 많은 헌터를 두고 그런 피해를 입었다는 것이 이해가 가지 않습니다."

노승민 대통령은 천수왕 대사의 말에 전혀 기죽지 않고 유들유들 말을 돌렸다.

"뉴 어스에 이상 징후가 발생해 사냥터에 몬스터가 보이지 않아 헌터들이 모두 쉬고 있는 이때, 그런 대비도 하지 않고 중국 정부는 뭘 한 겁니까? 자국민 보호에 그렇게 관심이 없어서야… 쯧쯧."

노승민 대통령은 급기야 중국 정부의 태도를 비난했다.

그런 노승민 대통령의 말에 천수왕 대사는 할 말을 잊었다.

그는 동북삼성의 피해가 중국 지도부의 결정 때문에 그리되었단 것을 알고 있었기 때문이다.

그런 사실을 노승민 대통령이 정확히 꼬집자 할 말을 잊은 것이다.

핵심을 찌르는 노승민 대통령의 말에 천수왕 대사는 더이상 어떤 말도 할 수가 없었다.

아니, 억지를 부린다면 부릴 수 있었지만, 자신들이 준비한 어떤 것도 노승민 대통령에겐 통하지 않을 것이란 느낌을 받았다.

'예전의 한국이 아니다. 이럴 줄 알았다면 진즉 협조 공문이 왔을 때 협조를 하고 그 대가를 받는 것인데, 멍청한

지도부 때문에 인민의 피해만 늘어났어!'

천수왕 본인 역시 자신이 입안한 작전은 아니지만 처음에는 괜찮은 작전이라 생각하며 동조했는데, 정작 한국 정부가 예상을 벗어난 행동을 하자 북경에 있는 지도부를 성토했다.

그렇다고 정말로 한국 정부에 보복할 수도 없다.

한국이 자신들에 비해 약하다고 해도 그것은 어디까지나 상대적인 것이다.

세계 7위의 군사력이다. 그것도 핵이란 전력을 뺀 전력.

만약 중국이 핵을 제외하고 한국과 군사력을 비교한다면 한국이 그리 밀리지 않는다.

그렇다고 핵을 사용할 수도 없다. 세계는 인류 공통의 적인 몬스터에 대응하기 위해 협정을 맺었다.

절대로 국가 전복에 준하는 전쟁을 벌이지 않는다는 내용이었고, 만약 이를 어길 경우 그 국가는 인류의 적으로 규정해 공동 대응하기로 했다.

그렇기에 북한이 몬스터에 의해 멸망을 했을 때에도 중국은 오래전부터 욕심을 부리던 북한 지역을 차지하지 못했다.

국제적으로 한반도는 대한민국의 영토였기 때문이다.

북한이 무너질 위기에 처했을 때, 북한 정부는 중국 정부에 구원 요청을 했다. 그때 중국 정부는 그들을 구해주는 조건으로 북한 지역을 차지하려 하였다.

하지만 중국 정부가 움직이기도 전에 밀려든 몬스터에 의해 북한 정부가 사라졌다.

그 이후 중국 정부가 이전 북한 정부의 요청을 명분삼아 북한 지역에 진출을 하려 했지만, 이때 한국 정부가 나서서 중국 군대의 남하를 막았다.

한국 정부는 UN에 중국 정부의 움직임을 고발하고 한반도가 대한민국 영토임을 다시 한 번 주장하였다. 그리고 UN은 대한민국 정부의 주장을 받아들여 중국 군대의 한반도 진입을 막았다.

중국 정부는 북한 정부가 자신들에게 구원 요청을 한 전문을 UN에 제출했지만, 대한민국 정부는 다시 한 번 그 공문이 정말로 북한 정부가 보낸 것인지 확인할 수 없다는 주장을 했다.

중국 정부는 미치고 팔짝 뛸 정도로 화를 냈다.

대한민국 정부의 말은 중국 정부가 북한 지역을 욕심내 공문을 위조했다는 말이었기 때문이다.

하지만 중국 정부는 더 이상 어떤 주장도 할 수가 없었다.

북한 정부가 이미 몬스터에 의해 사라져 증명해 줄 수 없게 되었기 때문이다. 중국은 국제 사회의 눈을 생각해 욕심은 나지만 우선 작전을 취소할 수밖에 없었다.

대한민국 정부는 중국의 야욕을 멈추게 하는 것에는 성공을 했지만 그들 또한 막 몬스터 웨이브로 인한 피해를 복구하고 있던 중이라 북한 지역을 수복할 여력이 없었다.

그 때문에 북한 지역은 게이트에서 튀어 나온 몬스터에 의해 전 지역이 점령을 당하게 되었고, 지금까지 방치되었던 것이다.

중국은 대한민국 정부로 인해 체면을 구긴 경험이 있는 상황에서 한 번 본때를 보여줄 기회라 여기고 꼼수를 부린 것인데, 제 꾀에 제가 넘어간 꼴이 되었다.

"더 이상 전 할 말이 없으니, 천 대사는 그만 돌아가 주시기 바랍니다."

노승민 대통령은 천수왕 중국 대사에게 축객령을 내렸다.

천수왕 대사는 무서운 눈으로 노승민 대통령을 말없이 노려보다 결국 자리에서 일어났다.

더 이상 앉아 있어 봐야 말이 통할 것 같지도 않기 때문에 어떻게 할 것인지 대사관으로 돌아가 직원들과 논의를 해볼 생각이었다.

† † †

중국 북경, 중앙서기처.

중국의 국가 주석인 주진평은 동북삼성에서 벌어진 몬스터 난동에 대한 보고를 받고 있었다.

"그래, 북한에서 넘어온 몬스터로 인한 피해가 얼마나 되지?"

보고를 받던 주진평의 질문에 비서실장은 들고 있던 태블릿을 확인하며 대답했다.

"인명 피해는 연길 사망 1,300명, 심양 사망 286명과 부상자 1,589명, 대련 사망 3,483명과 부상자 12,043명입니다. 그리고 물적 피해액은 1억 8천만 위안 정도로 추산되고 있습니다."

비서실장 심린은 담담한 표정으로 태블릿에 나온 사상자에 대한 보고와 피해액을 들려주었다.

"뭐? 겨우 북한 지역에 있던 몬스터 몇 마리가 국경을 넘은 것 정도로 어떻게 그런 피해가 나올 수 있단 말인가?"

보고를 듣고 있던 주진평은 깜짝 놀랐다.

이미 북한 지역에 있는 몬스터가 한국의 군사작전으로 국경을 넘어올 것은 예상하고 있었다.

중국 수뇌부는 이런 예상을 통해 협상의 우위를 점하고자 일부러 한국의 합동작전을 제안하는 협조 공문을 거절했다.

그러고는 일부러 어느 정도 피해를 입게 몬스터를 놔두기로 했지만, 결코 이런 피해를 상정했던 것은 아니었다.

어느 정도 자신들이 한국 정부를 압박할 정도만 피해를 입고, 또 피해액을 부풀려 한국 정부에 자신들이 요구하는 것을 뜯어내기 위해 방조를 한 것이지, 이렇게 심한 피해를 입을 정도로 상황을 심각하게 만들 생각은 없었다.

쾅!

주진평은 테이블을 손바닥으로 세게 치며 소리쳤다.

"아니, 이렇게 피해가 커질 동안 원백륭 사령관은 도대체 무얼 하고 있었단 말인가!"

일부러 피해를 입기 위한 작전이었다고는 하나, 피해가 너무도 심각했다.

중국은 인구가 많아서 몇 만 명 정도는 죽어도 별로 티가 나지 않는다 하지만, 대국이라고 자처하고 있는 마당에 미국이나 러시아 군대도 아니고, 일개 짐승에 불과한 몬스터에게 그런 엄청난 사상자를 내고, 또 피해를 입었다는 것에 화가 날 수밖에 없었다.

"그게, 처음에는 몬스터가 별로 넘어오지 않아 일부러 몬스터를 놔두었다고 합니다."

"그런데?"

"그런데, 어느 순간 국경을 넘어가는 몬스터의 숫자가 급

격히 늘어났다고 합니다."

"그럼 그걸 그냥 두었단 말인가? 적정 숫자가 되게 몬스터를 줄였어야 할 것이 아닌가? 그런 것 하나 제대로 처리하지 못하고 당의 얼굴에 먹칠을 하다니, 당장 원백륭 사령관을 소환해!"

주진평은 말을 하다 보니 너무도 화가 나 심양군구 사령관인 원백륭 사령관의 소환을 지시했다.

아무리 중국 군대가 군구별로 독립적 지위를 갖는다 하지만, 이번 원백륭 사령관의 위기 대처 능력이나 작전 수행 능력은 군구사령관이라는 자리에 너무도 부족하다고 판단해 이번 기회에 자리에서 물러나게 하려는 것이다.

원백륭 사령관이 아무리 자신과 같은 공청단(중국 공산주의 청년단)소속이라 하지만 이대로 그를 데리고 가다가는 태자당이나 상해방에 약점을 잡힐 수도 있었다.

"알겠습니다. 바로 소환하겠습니다."

"그래, 그런데 한국에서 들어온 소식은 없나?"

주진평이 궁금해 하는 한국 소식이란, 자신들이 꾸며놓은 덫에 걸려든 한국 정부가 내놓을 카드가 무엇인지 들어온 소식이 없냐는 물음이었다.

그에 막 비서실장이 보고를 하려고 할 때, 밖에서 노크 소리가 들렸다.

똑, 똑, 똑.

노크와 함께 문이 열리고 한 사람이 집무실 안으로 들어왔다.

그러고는 비서실장인 심린에게 다가와 귓속말을 하고 다시 밖으로 나갔다.

"뭐야?"

내용이 궁금했는지 주진평이 재빨리 물었다.

"예, 그것이······."

심린은 주진평의 물음에 곧바로 대답하지 못했다.

방금 보좌관이 전달한 내용은 방금 전 주진평이 물어 본 한국 소식이었다.

하지만 들어온 한국 소식은 주진평이나 중국 지도부가 듣고 싶어 하던 좋은 소식이 아니었다.

"뭔데 말을 못하는 거야?"

자신의 질문에 대답을 하지 못하는 비서실장의 모습에 주진평은 눈살을 찌푸리며 재차 물었다.

그런 주진평의 물음에 심린은 어쩔 수 없이 대답했다.

"한국 정부는 이미 군사작전에 대한 통보를 했기에 저희 측 피해에 대해 아무런 보상도 할 수 없다고 합니다."

"뭐야?! 그게 사실인가?"

주진평은 방금 비서실장인 심린이 한 말을 믿을 수가 없었다.

줏대 없이 대국이 뭐라고만 해도 고개를 숙이며 벌벌 떨던 한국이 그런 말을 했다는 것을 도저히 믿을 수가 없어 다시 한 번 물었다.

하지만 들려온 대답은 변하지 않았다.

"한국은 자신들이 사전에 저희 정부에 알렸으니 의무를 다했으며, 중국으로 넘어간 몬스터를 막지 못해 발생한 피해는 중국이 능력이 없어 그런 것이지, 한국 정부의 잘못이 아니라고 했다고 합니다."

쾅!

"뭐야! 그 말이 사실이야!? 이런 왕빠단(개자식들이)!"

주진평은 한국 정부에서 대국인 중국을 무시했다는 소리에 고함을 질렀다.

"죽일 놈의 가오리 팡쯔(고려 돼지들이)!"

화가 머리끝까지 난 주진평은 계속해서 한국을 비하하는 발언을 하며 발광했다.

"이대론 안 되겠다. 국무원 회의를 할 것이니, 상무위원들에게 소식을 전달해라!"

"알겠습니다."

심린은 주진평의 지시에 바로 주석 집무실을 빠져나갔다.

"방자한 놈들! 이대로 가만두지 않을 것이다. 감히 대국의 뜻을 거스르는 놈들에게 우리의 힘을 보여주겠다."

　비서실장인 심린도 나간 빈 공간에서 중국 국가주석인 주진평은 그렇게 분노의 노호를 터뜨리고 있었다.

　얼마 후, 주진평의 주제로 국무회의가 진행되었다. 주제는 동북삼성의 피해와 한국 정부의 태도에 대한 징벌에 관한 내용이었다.

　국무회의가 진행이 되는 동안 주진평은 자신들의 실책으로 동북삼성이 몬스터로 인해 피해를 입은 것은 축소해 발표를 하고, 그 책임을 모두 한국 정부에 떠넘기는 한편, 피해 보상을 요구한 자신들을 모욕했다며 모든 잘못을 한국 정부에 전가했다.

　이에 주진평의 꾐에 넘어간 상무위원들은 한국을 성토하며 응징할 것을 결의했다.

　하지만 이들의 결의는 그저 결의로 끝나고 말았는데, 그 이유는 바로 뉴 어스로부터 날아온 다른 사건 때문이었다.

Chapter 8
또 다른 인연

휘이잉!

방금 전까지만 해도 넘쳐나던 생명체의 반응이 사라지고, 좁은 협곡에는 우거진 나뭇가지를 스쳐가는 바람 소리만이 감돌았다.

바스락바스락.

툭툭.

한순간에 분위기가 180도로 바뀐 협곡의 모습에 그 안을 걷던 정진은 의아했다.

분명 협곡에 들어설 때만 해도 풀벌레나 생명체의 반응을 확인하고 협곡 안으로 들어온 것인데, 지금은 아무것도 느껴지지 않았다.

"뭐 느껴지는 것 없냐?"

정진은 자신에게는 느껴지는 것이 없자 타라칸에게 물었다.

마법을 쓰면 간단한 것인데, 지금 정진은 감각을 혼란시키는 무언가로 인해 디텍팅 마법을 사용할 수가 없었다.

차라리 무언가가 방해를 한다거나 하면 그것을 계산하고 마법을 변형시켜 확인을 하겠지만, 지금 정진을 혼란스럽게 하는 것은 마법을 사용하지 않았는데도 감각이 너무도 예민하게 반응한다는 것이었다.

마치 디텍팅 마법을 사용하고 있는 것처럼 말이다.

그 때문에 감각의 혼란을 겪으며 정확한 판단이 서질 않았던 것이다.

또한 생명 반응이 없는데도 불구하고 무언가가 계속 자신을 주시하고 감시를 하는 느낌을 받아 자신도 모르게 화가 나기 시작했다.

마법을 익힌 이후 자신을 적대하던 노인태의 일을 제외하고는 이렇게 주체하지 못하고 평정심이 흔들리는 경우가 없었다.

그런데 협곡에 들어선 후로는 계속해서 이런 상태였다.

지금 정진이 들어선 곳은 바로 정진이 세 번째로 확인을 하기 위해 들어온 죽음의 협곡이다.

사실 두 번째 금지인 독룡의 대지에서 정상적으로 몬스터들이 존재한다는 것을 확인했기에, 이곳 죽음의 협곡은 사실 몬스터가 제자리에 있는지 확인을 하기 위해 왔다고 하기 보단 마법사로서 궁금증을 풀기 위해 왔다고 하는 것이 더 정확할 것이다.

다른 금지들은 그곳에 서식하고 있는 몬스터가 어느 정도 확인이 되었는데, 이곳 죽음의 협곡은 발견된 이래 어떤 몬스터가 존재하는 것인지 아직까지 보고된 바가 없었다.

전해 들은 이야기만으로 짐작하길, 실체가 없는 유령 계열 몬스터가 아닌가 할 뿐이었다.

정진도 이 유령 계열 몬스터는 그저 아카데미에 있는 아케인 스톤으로 몬스터의 종류에 대해 공부할 때 알게 된 정도이지, 실체를 본 적이 있는 것은 아니었다.

그러니 호기심에 이곳 죽음의 협곡을 찾은 것이다.

그런데 초장부터 이렇게 감각에 이상을 느끼는 것을 보면, 확실히 이곳이 금지로 지정되기에 충분하다는 생각이 들었다.

"7클래스인 내가 이렇게 감각에 이상을 느낄 정도이니, 일반 헌터들은 엄청난 혼란을 겪었겠군."

"크릉!"

정진이 느껴지는 감각에 작게 중얼거리다가 타라칸이 작

게 울며 경고하는 소리를 들었다.

"응? 대기에 어둠의 마나가 퍼져 있다고?"

마나에는 여러 가지가 있는데, 대표적으로 자연의 생명력인 푸른색의 마나와, 밝은 황금빛의 신성한 빛의 마나가 있다.

자연의 마나는 자연의 생명력, 즉 생명체가 살아가는데 영향을 주는 마나이며 마법사가 말하는 마나가 바로 이 자연의 마나라면, 빛의 마나는 장구한 역사를 가지고 마도를 연구하던 아케인 제국 시절에도 단 한 차례의 기록만 있기에 자세히 알려진 것은 없지만 초월적인 어떤 힘, 권능 또는 법칙 등으로만 기록이 되어 있다.

이 빛의 마나는 일명 초월자의 빛이라 명명되어 아케인 아카데미에서조차 초대 아케인 제국의 황제가 말년에 이런 황금의 마나를 펼쳤다는 기록만이 남아 있었다.

또한 빛의 마나와는 정반대에 자연의 푸른색 마나와도 배척되는 칠흑같이 어두운 빛의 마나가 있었는데, 이 어둠의 마나는 일명 타락한 마나라고 불렸다.

한데 이 어둠의 마나는 논란의 여지가 있는 기록들이 상당히 많았다.

아케인 제국에서 빛의 마나와는 다르게 어둠의 마나는 무척이나 자세히 기록되어 있는데, 자연의 마나와 완벽하게 대척점을 이루고 있다는 기록이었다.

그런 기록으로 아케인 제국에서는 어둠의 마나도 대자연의 마나의 일부라고 하는 부류가 있는 반면, 대척점이기에 자연의 마나라 볼 수 없고, 보다 원초적이며 공격적인 성향에 생명력을 죽이는 성질을 가진 어둠의 마나는 배척해야한다는 부류도 있었다.

하지만 당시 아케인의 마도사들은 이 어둠의 마나도 마나의 일부라 여기는 부류가 대세였다.

그 이유는 매우 단순했는데, 바로 어둠의 마나를 이용해 마법을 사용하면 보다 강력한 파괴력을 가졌기 때문이었다.

자연의 마나를 이용하는 것보다 조금 까다롭긴 하지만, 그 파괴력이 1.2배 정도 더 강력했고, 또 보다 빠르게 경지를 올릴 수가 있어 많은 마법사들이 어둠의 마나에 심취하게 되었다.

하지만 나중에 어둠의 마나가 높은 경지에 오르기 위해선 더욱 어렵다는 것이 밝혀지고, 또 그 과정에서 심각한 부작용이 나타나면서 경원시되기 시작했다.

그래서 급기야 일부 마법사들 외에는 어둠의 마나를 이용하는 방법이 사장되고 말았다.

물론 그렇다고 어둠의 마나에 대해 완전히 관심을 끊은 것은 아니었다.

실제로 정진의 스승인 제라드도 의무를 수행하기 위해 인간의 육체를 버리고 어둠의 마나를 이용해 언데드 몬스터의 일종인 리치가 되지 않았는가. 다만 제라드는 원래 경지가 8클래스 마스터이며, 9클래스의 깨달음만 얻지 못한 상태였기에 몬스터가 완벽한 언데드 몬스터인 리치가 아닌, 생명력뿐만 아니라 정신까지 라이프 베슬에 봉인하는데 성공하여 데미 리치가 되었을 뿐이다.

만약 제라드가 생명력과 정신을 함께 봉인하는 데 실패했다면 지금의 정진은 아마 없었을 것이다.

리치는 마법사가 필요에 의해 죽음의 한계를 벗어나려 언데드가 된 것이기에 처음 언데드가 되었을 때는 온전하게 정신을 가지고 생활한다.

하지만 완전한 언데드가 되기 위해 육체는 물론이고 마나까지 어둠의 마나로 변환시키면 점차 정신도 이 어둠의 마나에 물들어 간다.

아케인 제국의 마법사들이 어둠의 마나를 배격하게 된 것에는 바로 이 어둠의 마나가 가진, 정신을 오염시키는 힘 때문이었다.

인간의 심성을 흉폭하고 원초적으로 바꾸면서, 목적을 위해선 수단과 방법을 가리지 않게 만든다.

마법사란 존재는 언제나 냉철한 이성을 유지해야 한다.

단 한순간의 실수도 엄청난 결과를 가져올 수 있기 때문이다.

그런데 어둠의 마나는 이런 마법사의 이성을 충동적으로, 그리고 목적을 위해선 맹목적으로도 만들어 버린다.

이 때문에 아케인 제국에는 많은 사건들이 발생했는데, 어둠의 마나에 잠식된 마법사나 마도사들이 자신의 목적을 위해 인간의 생명은 물론이고, 자신의 생명까지 경시하는 풍토가 나타났다.

결정적으로 아케인 제국이 멸망하게 된 원인도 이 어둠의 마나에 오염이 된 마도사와 그들을 막기 위한 마도사들 간의 싸움이 번지게 되면서 그리된 것이었다.

어둠의 마나에 오염된 마도사들은 처음에는 그저 자신들만의 공간을 만들어 연구를 하려던 것이, 처음의 이상은 사라지고 목적만이 남아 수단과 방법을 가리지 않게 되어 극단적이고 반인륜적인 행보를 펼쳤고, 그들의 행보에 아케인 제국의 마도사들이 들고 있어나면서 두 집단 간의 전쟁이 시작되었다.

하지만 아무리 어둠의 마나가 자연의 마나에 비해 효율이 좋고 파괴력이 높다 해도 쪽수에는 장사가 없었다.

어둠의 마나에 대한 경각심과 두려움을 가지고 있던 아케인 제국의 마도사들은 어둠의 마나를 이용해 강력한 힘을 가진 흑마법사들을 철저히 유린했다.

그리고 뿌리를 뽑아야 안심이 된다는 생각에 철저하게 흑마법사들을 솎아 냈다.

물론 이 과정에서 선량한 피해자가 없었다고는 할 수 없지만, 흑마법사들이 전쟁을 치르면서 자행한 학살을 생각하며 강행했다.

하지만 너무 과했던 걸까, 막다른 골목으로 몰린 흑마법사들은 급기야 손을 대선 안 될 금기로 접근하게 되었다.

마도를 연구하면서 알게 된 타 차원의 존재를 소환한 것이다.

문제는 어둠의 마나를 이용해 타 차원의 존재를 소환하게 되자 그 존재도 어둠의 마나와 비슷한 성향을 가진 존재가 소환된 것이었다.

상황은 돌이킬 수 없이 흘러 마법사와 흑마법사의 전쟁에서 타 차원의 고등한 존재까지 끼어들게 되었다.

아케인 제국의 고도로 발달된 마도로 인해 어찌어찌 겨우 물리치긴 했지만, 결과적으로 아케인 제국의 마도사와 흑마법사, 그리고 그들이 끌어들인 타 차원의 고등한 존재 모두 양패구상을 하게 되었다.

제국의 마도사가 아무리 강력했다 할지라도 흑마법사들이 불러들인 고등한 존재는 9클래스를 초월한 존재였기 때문이다.

그런 비사를 가지고 있는 어둠의 마나가 이곳, 죽음의 협곡에 분포했다는 소리에 정진은 바짝 긴장했다.

'아, 그래서 협곡을 들어서면서부터 이런 느낌을 받은 거구나!'

정진은 타라칸의 경고에 자신이 이렇게 불안한 기분과 평소와 다르게 감정의 기복을 보이는 현상이 바로 죽음의 협곡에 퍼진 어둠의 마나 때문이란 사실을 깨닫자 얼른 마법을 펼쳤다.

"안티 이블!"

어둠의 마나를 배척하는 안티 이블 마법을 펼치자 다시 마음이 안정되어 가는 것을 느꼈다. 그렇게 정진은 죽음의 협곡 안으로 조심스럽게 들어가기 시작했다.

"흠, 저건 무슨 유적 같은데?"

정진이 죽음의 협곡 내부를 살피던 중에 본 것은 분명 뉴어스의 유적이었다.

비록 산림에 둘러싸여 있기는 했지만, 그것은 분명 유적이 분명했다. 나무뿌리와 넝쿨에 훼손이 되긴 했지만, 문명의 흔적이 고스란히 남아 있었다.

"이것 때문에 헌터들이 그렇게 죽음의 위험에도 죽음의 협곡을 찾던 거군."

몬스터의 모습도 별로 보이지 않는 이 죽음의 협곡에 대체 무엇 때문에 헌터들이 들어온 것인지 이해하지 못하던 정진은 그제야 모든 상황이 이해된다는 듯, 유적들을 살피기 시작했다.

"이 유적은 아케인 제국과는 연관이 없는 것 같은데?"

한참을 살피던 정진은 이 죽음의 협곡에 있는 유적이 자신과 인연이 있는 아케인 제국의 것이 아니라, 그 후기에 만들어진 것임을 알게 되었다.

사실 그도 그럴 것이, 이렇게 지상에 돌출되어 있는데 지금까지 아케인 제국의 유적이 남아 있다는 것은 말도 되지 않는 소리였다.

이는 정진의 스승인 제라드가 말해준 사실이었다.

정진은 유적 내부로 들어가 벽화를 살펴보면서 이 유적의 유래를 살펴보기 시작했다.

뉴 어스의 인류가 걸어온 발자취를 보면서 정진은 스승인 제라드에게 들었던 뉴 어스의 역사와 유적에 그려진 역사를 대조하면서 뉴 어스에 분포하고 있는 몬스터가 어찌하여 마정석을 심장에 품고 있게 된 것인지 알게 되었다.

아케인 제국은 마도사와 흑마법사들 간의 전쟁으로 멸망했고, 한참이나 시간이 흐르자 지상에 인류가 다시 등장했다.

그 인류는 아케인 제국이 멸망할 때 극적으로 살아남은 극소수의 제국인들이었으나, 대 전쟁의 후유증으로 아케인 제국의 마도 문명은 사라진 상태였고, 인류는 오래전 이 땅에 나왔을 때 그랬던 것처럼, 돌도끼와 나무를 깎아 만든 몽둥이가 무기의 전부였다.

그렇게 원시 문명을 이루던 인류는 세월이 흘러 불을 이용해 금속을 녹이고 청동과 철기 문명을 이룩하더니, 세대를 거듭할수록 문명을 발전시키며 다시 번성하게 되었다.

제라드는 이때 원시 인류에게 아케인 제국의 마도 일부를 전수했는데, 이는 그들이 아케인 제국인들의 후손이기에 일부는 마도에 소질이 있었기 때문이다.

제라드는 지금의 정진에게 아케인 제국의 마도를 전수를 했던 것처럼, 당시의 원시 인류에게도 마도를 전수했다.

그렇게 제라드에게서 마도를 전수받은 이들은 원시 인류의 지도자가 되어 문명의 발전을 선도했다.

하지만 인류는 바뀌지 않는다는 듯, 문명이 발전하고 기득권이 나오자 그들은 또다시 자신들의 기득권을 지키기 위해, 그리고 보다 많은 것을 차지하기 위해 전쟁을 벌였다.

인류는 한 번 멸망에 준하는 경험을 하고서도 또 같은 길을 반복하며 이 땅을 잿더미로 만들었다.

하지만 이때의 인류는 완벽하게 무너진 것이 아니었다.

아케인 제국 때와 달리, 문명의 잔재가 남아 있던 것이다.

세월이 흐르고 문명의 잔재 속에서 후생 인류는 다시 새로운 문명을 꽃피웠는데, 이때 인류는 마도를 극도로 배척했다.

인류가 전쟁으로 멸망에 이르게 된 원인이 마도를 익히고 인류를 지배하던 마법사들의 욕심에 의한 것임을 알았기 때문이다.

이 때문에 새롭게 융성하게 된 문명은 철저히 마법사들을 배척하고 경원시했다.

하지만 결국 시간이 흐르자 권력자의 행태는 과거를 답습하듯, 배척하던 마법사를 다시 가까이 하기 시작했다.

자신이 돋보이길 원하는 권력자나 자신의 권력을 지키기 위해 다른 권력자들보다 강력한 힘을 원했던 이들이 은밀하게 마법사를 양성하기도 했다.

그렇게 또 세월이 흐르자 일부 마법사들 중에 보다 강력한 힘에 욕심을 부린 자들이 어둠의 마나를 발견해 버렸고, 결국 인류는 또다시 과거에 그랬던 것처럼 전쟁의 화마에 몸을 던졌다.

문제는 이번 대에 어둠의 마나에 심취한 흑마법사들은 자신들의 수가 적다는 것에 생각이 미치자 병력을 확보하기 위해 뉴 어스에 분포한 인류의 적, 몬스터에 눈을 돌렸단 것이다.

처음에 흑마법사들은 몬스터를 자신들을 지키는 병력으로 만들 생각에 연구를 했는데, 의외의 사실을 발견하게 되었다. 몬스터가 어둠의 마나와 상성이 너무도 잘 맞는다는 것이었다.

이에 흑마법사들은 몬스터를 길들여 자신들의 가드로 만들었고, 어느 정도 세력이 생기자 전쟁을 일으킬 준비를 했다.

하지만 흑마법사들이 몬스터를 연구하고 있을 때, 왕국에 속한 마법사들도 놀고만 있던 것은 아니었다.

멸망한 마도 문명의 유적을 발굴하여 기존에 자신들이 이룩했던 마법과 잃어버렸던 고대의 마법을 복원을 하면서 몬스터로부터 인류를 지킬 무기를 개발한 것이다.

거대한 강철 거인, 즉 타이탄이 이때 개발된 것이다.

초기 타이탄은 4~5m 정도의 크기로 당시 인류가 가장 두려워하던 몬스터인 오거와 비슷한 크기로 만들어 졌다.

마법사들의 손에서 만들어진 타이탄은 숲의 폭군인 오거도 한 기면 충분히 상대가 가능할 정도로 무척이나 강력한 병기였다.

이전에는 1개 기사단 전체가 나서야 엄청난 사상자를 내고 오거를 잡을 수 있었는데, 익스퍼트 기사가 탑승한 타이탄 한 기만 있으면 아무런 피해 없이 오거를 사냥할 수 있던 것이다.

이러한 사실이 알려지자 각 왕국들은 서둘러 타이탄을 생산하기 시작했고, 왕국의 마법사들이 이렇게 엄청난 대몬스터 병기를 개발했다는 사실을 모르던 흑마법사들은 자신들이 길들이고 개조한 몬스터와 키메라들이 준비가 되자 왕국에 전쟁을 일으켰다.

일진일퇴가 반복되자 흑마법사들 역시 강력한 타이탄의 존재를 상대할 만한 전력이 자신들에게 부족하다는 것을 깨닫고 타이탄을 상대할 수 있는 몬스터를 찾으려 했다.

하지만 타이탄을 상대할 만한 몬스터는 자신들도 감당하기 쉽지 않았다. 난항에 부딪히자 흑마법사들은 발상을 전환했다. 새로운 몬스터를 찾기보다, 기존의 몬스터를 다시 한 번 개량하는 것이었다.

왕국의 마법사들이 마도 왕국의 유적을 발굴해 그것을 토대로 타이탄을 개발한 것처럼, 흑마법사들도 마도 왕국 시절 흑마법을 익혔던 흑마법사의 던전을 발견하게 되었다.

그곳에는 그들이 알고 있는 흑마법과는 비교도 되지 않을 기괴한 마법들이 상당했는데, 그중 하나가 바로 몬스터의 덩치를 엄청나게 키우는 것이었다.

오거의 크기를 두 배나 커다랗게 키운다면 지금 자신들의 가드인 몬스터를 도륙하는 타이탄을 충분히 상대할 수 있다고 생각했다.

하지만 몬스터의 크기를 키우는 마법은 간단하지 않았다.

이 마법은 자연의 마나와 이를 배척하는 어둠의 마나를 조화를 이루며 몬스터의 심장에 코어를 심어야 하는 일이기 때문에 무척이나 복잡하고 어려운 마법이었다.

다행히 이런 몬스터는 별종으로 종종 발견되는 개체이기도 했다. 유적에 나온 기록으로 보니 마도 왕국 시절의 흑마법사들이 실험을 하고 남은 잔재들이 아직도 남아 자손을 퍼뜨린 것이다.

이러한 사실을 알아낸 흑마법사들은 앞으로는 왕국들과 전쟁을 벌이면서, 뒤로는 타이탄을 상대할 몬스터 병기를 만드는 작업을 하기 시작했다.

✝   ✝   ✝

"허, 기가 막히는군!"

벽화에 나온 내용은 너무도 충격적인 내용들이었다.

그리고 또 하나, 헌터들에게 금지라 알려진 곳은 강력한 마나를 품은 존재가 있거나, 아니면 유적이 있을 가능성이 높다는 사실을 깨닫게 되었다.

"이거… 그러고 보니 영원의 숲도 그렇고, 이곳도 유적이 있는 것을 보니 어쩌면 독룡의 대지나 거인의 왕국에도 흑마법사들의 던전이 있는 것이 분명하군."

정진은 이곳 죽음의 협곡에 있는 던전 벽화에서 본 내용을 해석한 결과 그런 결론을 얻었다.

더욱이 독룡의 대지가 독 안개로 덮여 있는 것이나, 거인의 왕국에 서식하고 있는 몬스터들이 다른 지역에 서식하고 있는 몬스터에 비해 월등히 강력하고 덩치가 배 이상 커다란 것을 생각하며, 어쩌면 거인의 왕국은 흑마법사들이 타이탄을 상대하기 위해 만든 실험체들의 후손이 아닐까 하는 생각이 들었다.

"이거 중요한 정보를 알게 되었는데?"

정진은 벽화에 나와 있는 내용만으로 유적지의 대략적인 위치를 알게 되자 뜻밖의 소득을 얻은 것 같아 기뻐했다.

"몬스터 웨이브가 끝나면 한 번 찾아봐야겠어."

던전의 존재를 알게 된 이상 다른 사람이 먼저 발견을 하기 전에 찾아내는 것이 중요했다.

분명 그곳에는 흑마법사들이 연구를 하던 일지나 마법서도 있을 수 있었다.

만약 그것이 탐욕에 물든 인간의 손에 들어가게 된다면

뉴 어스에 일어났던 역사적 사건들이 지구에서 그대로 답습되지 않을 것이란 보장이 없었다.

군이 뉴 어스의 인류만이 아니라 지구인들의 역사를 돌아봐도 그렇게 될 것이 빤했다. 뉴 어스나 지구나 인간이라는 종은 어디서든 비슷한 성향을 띤다는 것을 잘 알기 때문이었다.

그러니 정진은 흑마법사들의 유산이 괜히 엉뚱한 일을 만들기 전에 수거할 생각이었다.

현재 7클래스에서 정체되고 있는 경지도 흑마법사들의 유적을 연구하다 보면 깨트릴 수 있을 것이란 생각에 조바심이 생겼지만, 정진은 이런 마음이 생기자마자 화들짝 놀라며 바로 안티 이블 마법을 다시 시전했다.

혹시나 지금 마음속에 피어나는 조바심이 어둠의 마나에 의한 작용일 수도 있다는 걱정에 그런 것이다.

그렇게 뉴 어스의 역사가 새겨진 벽화를 보면서 걷던 정진은 어느 순간 자신이 커다란 광장에 나온 것을 발견하였다.

"이곳은 뭘 하는 공간이지?"

광장은 지름이 30m에 이를 정도로 무척이나 넓었다.

"음……."

광장을 돌아보던 정진은 작게 신음을 흘렸다.

지금까지 걸어온 복도의 벽화처럼 광장에 그림이 그려져 있는 모습이 보였다. 다만 이 그림들은 지금까지 복도에서 본 그림보다 더 정교하고 거대했다.

그림에는 거대한 몬스터들과, 그들이 자신의 반밖에 되지 않는 타이탄을 쓰러드리며 전투를 벌이는 모습이 있는가 하면, 어떤 것은 자신과 비슷한 크기의 타이탄과 전투를 벌이는 모습이 정교하게 그려져 있어 이를 보고 있는 정진의 심장을 압박했다.

복도에서 보았던 벽화와 연결된 것으로 보아 아마도 그 연장선상에서 그려진 것으로 보였다.

그것을 근거로 유추하니, 아마도 흑마법사들은 타이탄에 대항할 수 있는 거대 몬스터를 완성한 듯싶었다.

그리고 흑마법사들이 거대 몬스터를 완성하자, 뒤이어 왕국들도 거대 몬스터에 대항하기 위해 기존의 타이탄보다 더 커진 타이탄을 개발한 듯한 내용이었다.

쾅!

한참 벽화를 보면서 유추하던 정진은 갑작스런 소음에 깜짝 놀라 소리가 들린 곳으로 고개를 돌렸다.

"어?"

정진이 시선을 돌린 곳에는 다 낡은 로브를 뒤집어쓰고 있는 인영이 있었다.

금지인 죽음의 협곡, 그것도 유적 내부에 자신이 느끼지도 못한 사이 나타난 인영.

  정진은 7클래스의 마도사였다. 그리고 그냥 7클래스 마도사도 아니고, 깨달음만 얻는다면 바로 8클래스 익스퍼트에 오를 정도의 마나를 품고 있는 그런 존재다.

  그런데 이런 정진이 인기척을 느끼지 못했다면 결코 가벼운 존재가 아니다. 정진은 당연히 유적에 아무도 없을 것이라고 생각하고 마음을 놓고 있었는데 정체불명의 인영이 보이자 긴장되기 시작했다.

  [넌 누구냐!]

  육성이 아닌 머릿속에 그대로 전달하는 시크릿 워드였다.

  마법사들이 말을 하지 못할 때 상대에게 자신의 말을 전달하기 위해 개발한 이 시크릿 워드는 무협지에서 말하는 생각만으로 그 뜻을 전달한다는 혜광심어처럼, 마법사가 하고자 하는 말의 뜻을 그대로 전달하기에 언어가 달라도 그 뜻을 알 수 있었다.

  "난 정정진이라고 한다. 그러는 넌 누구냐?"

  마법사라고는 자신과 자신이 마법을 가르쳐 준 동생들뿐이라 생각을 했는데, 이곳에서 뜻하지 않게 마법을 사용하는 존재를 만나게 되자 뒷목이 서늘해졌다.

  [넌 누구냐!]

정진이 자신이 누구인지 말을 했는데 인영은 또다시 같은 질문을 한다. 이에 정진은 눈앞에 있는 존재가 자신의 말을 알아듣지 못한다는 것을 깨닫고, 그도 눈앞의 존재처럼 마법을 시전하고 다시 말했다.

"내 이름은 정정진이라고 한다. 그러는 넌 누구냐?"

정진이 시크릿 워드로 질문을 하자 낡은 로브의 존재는 잠시 아무런 말을 하지 않고 정진을 주시했다.

"어? 리치?!"

인영의 모습에 정진도 낡은 로브를 뒤집어쓰고 있는 존재를 보다 자세히 보기 위해 로브 안을 주시했는데, 눈이 있어야 할 자리에 붉게 타오르고 있는 두 개의 불빛만이 보이자 금방 로브인의 정체를 알 수 있었다.

자신도 모르게 리치라는 단어를 언급하자 로브인 또한 잠시 움찔했다.

하지만 그뿐이었다.

정진이 자신의 정체를 알아내도 리치는 그 사실을 별로 신경 쓰지 않는 듯했다.

"이곳은 너의 던전인가?"

정진은 재차 질문하며 조심스럽게 심장의 서클을 돌리기 시작했다. 그런데 희한한 것은, 정진을 보면서도 리치는 전혀 적대적인 모습을 보이지 않는다는 것이었다.

언데드 몬스터는 그 어떤 몬스터보다도 인간에게 적대적인 존재다. 그리고 리치는 언데드 몬스터 중에서도 최상위에 있는 몬스터였다.

그런데 자신을 보고도 별다른 반응을 보이지 않는 모습에 정진은 무척 당황했다.

한편 정진의 가디언인 타라칸은 무척이나 당황했다.

분명 눈앞에 인영이 있는데, 그 인영에게서 존재감이 느껴지지 않기 때문이었다.

기척을 느끼고 정진에게 신호를 보냄과 함께 적의를 보이면 공격하려 준비를 하는데, 마치 허깨비처럼 존재감이 느껴지지 않자 타라칸으로서는 무척이나 혼란스러웠다.

[마기에 아무런 영향을 받지 않다니, 무척이나 특이한 존재군. 아니, 그보다 인간이 아직까지 생존해 있다니, 참으로 놀랍군.]

리치는 정진의 물음은 전혀 신경 쓰지 않고 혼자서 감탄하고 놀라고 있었다.

'아직까지 내게 적대감을 보이지 않는 것을 보니 어쩌면 대화가 통할 수도 있겠군. 그런데 내가 알고 있는 리치와는 좀 다른데? 설마… 제라드 스승님처럼?'

정진은 눈앞의 존재에 의문을 가지면서도 대화가 통할지도 모른다는 생각에 일단 말을 걸어보기로 했다.

"난 네가 생각하는 뉴 어스인은 아니다."

[뉴 어스인? 그건 뭐지?]

리치는 정진의 질문에 이해가 가지 않는다는 듯 고개를 갸웃거리며 물었다.

대화가 통하는 것 같자 정진은 차분히 설명을 시작하려 했다. 그런데 문득 드는 기시감에 놀랐다. 잘 생각해 보니 아케인 아카데미에서 두 스승님을 처음 만났을 때와 상황이 너무도 비슷했던 것이다.

"다시 한 번 내 소개를 하겠다. 난 정정진이라고 한다. 그리고 난 이곳 뉴 어스가 아니라 지구의 대한민국이란 나라에서 게이트를 통해 이곳으로 왔다."

[뭐? 지금 무슨 소리를 하는 건가? 그대는 인간이 아닌 가?]

"난 인간이 맞다. 다만 이곳의 당신이 알고 있는 인간이 아니라, 다른 차원에 존재하는 인간이다. 그리고 내가 알기론 뉴 어스에는 인간이 멸망한 것으로 알고 있다."

[결국… 인간은 멸망한 것인가?]

리치는 정진의 말에 뭔가 회한이 담긴 목소리로 중얼거렸 다.

정진은 그런 리치의 모습에 궁금한 것이 많았지만, 가만 히 지켜보기만 했다. 괜히 섣부르게 끼어들었다가 어떤 상황이 발생할지 알 수 없었기 때문이다.

[정말로 인간이 멸망한 것이 맞는가?]

리치는 무언가 안타까운 듯, 혹시나 하는 심정으로 다시 한 번 물었다. 그에 정진은 자신이 알고 있는 사실을 말해 주기 시작했다.

"그렇다. 내가 알고 있는 바로는 아직까지 뉴 어스에서 인간이나 인간과 유사한 어떤 존재도 발견되지 않았다. 있는 것이라고는 오직 몬스터뿐이다."

[음, 그럼 다른 차원에서 온 정정진.]

"그냥 정진이라 불러라."

[알겠다. 정진. 그런데 차원을 넘는 마법은 무척이나 고차원의 마법이다. 9서클에 이른 나조차 차원 이동 마법은 완성하지 못했다. 그런데 내가 보기에 넌 나보다도 서클이 낮은데, 어떻게 차원 이동 마법으로 이곳에 온 것인가?]

리치는 정진의 경지를 금방 알아채고 질문했다. 정진은 리치가 자신의 경지를 알아본 것에 놀라는 한편, 그가 9서클이라는 말에 긴장되기 시작했다.

아케인 제국의 마법은 서클보단 클래스로 규정을 하는데, 리치는 서클로 마법의 경지를 가늠하는 것 같았다.

둘이 비슷하면서도 다른 것은, 클래스 마법은 심장의 서클이 같지 않더라도 마법의 이해만 있다면 상위 마법을 시전할 수 있는 반면, 서클은 그 서클에 맞는 마법만 사용할 수 있을뿐더러, 마법의 이해보단 심장의 서클의 작용에 좌우되는 마법 체계였다.

하지만 뚜렷한 한계에도 클래스 마법보다 익히기 쉽다는 장점 때문에 아케인 제국 시절 많은 마법사들이 서클 마법을 익혔지만, 나중엔 결국 범용성이 떨어지는 반푼이 마법으로 취급이 되면서 잊혀졌다.

하지만 제라드의 설명에 의하면 아케인 제국이 멸망 이후 새롭게 인류 문명이 번성했을 땐 클래스 마법은 사라지고 서클 마법이 그 자리를 차지했다고 했다.

클래스 마법을 익히기 위해선 마법 문자인 룬 문자를 모두 알아야 하는데, 아케인 제국이 멸망하면서 많은 룬들이 사라져 클래스 마법을 익힐 토대가 사라지자 익히기 쉬운 서클 마법을 익히게 된 것이다.

즉, 마법 문자인 룬이 없어도 마법을 시전할 수 있다는 이유 때문에 후생의 인류는 룬을 복원하기 보단 익히기 쉬운 서클 마법을 더욱 발전시켰던 것이다.

"차원 이동 마법을 통해 온 것이 아니다. 어느 날 갑자기 우리 세계에 차원 게이트가 나타났다. 당시 게이트에서 나타난 몬스터로 인해 엄청난 피해를 입었다."

정진은 리치가 오해하고 있는 부분을 설명하고 지구에 대해 설명하기 시작했다.

"원래 우리 세계는 마법이란 것이 없었다."

[뭐라고? 마법이 없는 세계라니, 그런 것이 있을 수 있나?]

"우리 세계는 마법 대신 과학이란 것을 발전시켰다."

[과학? 그건 또 어떤 학문이지?]

"과학이란 세상의 현상들을 수학적으로 계산을 하여 재현하는 학문이다."

[그건 마법이지 않은가?]

"아니다. 마법과 과학은 다르다. 마법이 세상에 존재하는 마나라는 에너지를 법칙에 맞게 배열하여 현상을 일으키는 것이라면, 과학은 물리적으로 가능한 것만 실현할 수 있다. 마법이 마나를 가지고 1+1을 2는 물론 3이나 4와 같이 변화를 줄 수 있다면, 과학은 1+1=2라는 법칙을 벗어나지 못한다. 즉, 등가교환의 법칙에서 벗어나지 않는다."

[음, 과학이란 연금술하고 비슷한 것이군.]

"그렇다. 과학의 출발은 연금술에서 출발한 것이나 마찬가지다."

연금술은 고대로부터 전해지는 것으로, 비금속을 인공적인 방법을 통해 귀금속으로 전환하는 것을 목표로 삼았다.

다만 동양과 서양에서 이 연금술을 다루는 방향이 달랐는데, 서양에서는 연금술이라는 이름에 걸맞게 금보다 싼 납을 가지고 값어치가 높은 금을 만들기 위해 여러 가지 금속이나 화학 물질을 섞어 합금을 만드는 것으로 발전했다면, 동양에서는 도교에서 여러 가지 약품을 가지고 인간의 생명을 연장시키는 연단술로 발전했다.

서양의 권력자들이 금과 같은 귀금속에 관심을 보였다면, 동양의 권력자들은 자신의 수명에 관심을 보여 생명을 연장할 수 있는, 그리고 궁극적으로는 불로불사의 영약을 만들기를 염원했다.

마법이 없던 지구에서도 이렇게 연금술을 연구했는데, 마법이 실존하는 뉴 어스에서 그렇지 않았겠는가, 오히려 마법이란 신비한 학문이 있었기에 더욱 연금술이 발전했을 것이다.

"음, 이야기를 하다 보니 아직도 그대가 누군지, 어떤 존재인지 듣지 못한 것 같다."

정진은 리치의 질문 때문에 아직도 자신의 질문에 대답하지 않은 것을 상기하며 다시 한 번 리치의 정체를 물었다.

리치는 잠시 뜸을 들이듯 멈칫하다 대답했다.

[난 아케인 왕국의 수석 마법사인 로난 아케인이라고 한다.]

정진은 리치의 말에 깜짝 놀랐다. 아케인 왕국이라니, 민을 수가 없었다.

'어떻게 된 일이지? 스승님께선 분명 아케인 제국은 멸망했다고 하지 않았나?'

뭔가 이상했다. 아케인 제국은 멸망했다. 그런데 지금 눈앞에 있는 로난 아케인이라고 자신의 이름을 밝힌 리치는 아케인 왕국의 수석 마법사라고 했다.

정진은 로난의 말을 듣고 뭔가 자신이 알고 있는 정보와 그가 말하는 정보 사이에 괴리가 있다는 느낌을 받았다.

"아케인 왕국은 어떤 곳인가?"

일단 자신이 알고 있는 것이 부족하기에 로난이 말하는 아케인 왕국에 대해 알아보기로 했다.

[우리 아케인 왕국은 아케인 대륙에 최초로 건국한 나라이자 몬스터에게 위협받는 인류를 구원한 최초의 왕국이다. 배척받던 마법사를 최초로 받아들였으며, 인류를 위협하는 몬스터를 사냥하기 위해 타이탄을 최초로 개발한 왕국이기도 하다.]

로난의 이야기가 계속되자 정진은 그가 말하는 아케인 왕국과 자신이 알고 있는 마도 제국 아케인은 다른 곳임을 알게 되었다. 또한 흰머리 산에 있던 유적에서 자신이 발견한 타이탄을 바로 그가 속한 왕국에서 최초로 만들었다는 것도 알게 되었다.

'깜짝 놀랐네! 설마 아케인이란 이름을 쓴 왕국이 또 있었을 줄이야.'

설마 그 이름을 사용하는 왕국이 아케인 제국이 멸망한 뒤에 또다시 나올 줄은 몰랐다.

"그런데 우리 지구인이 이곳에 발을 들였을 때 문명의 흔적을 간간이 발견하기는 했지만, 그 흔적이 상당한 세월이 흐른 것으로 조사되었는데, 당신은 어떻게 이 오랜 시간을 존재할 수 있는 것인가?"

정진은 에둘러 리치인 그가 지금까지 멀쩡히 존재하는 것에 의문을 품고 말했다.

그런 정진의 질문에 로난은 정진이 마법을 알고 있다는 것을 다시 한 번 상기하고 말했다.

[사실 지금 이 모습은 내 본 모습이 아니다.]

"그럼?"

[이 길을 따라 들어오면 20m쯤 앞에 밑으로 내려가는 계단이 있다. 계단을 따라 지하 5층으로 내려오면 방이 하나 보일 것이다. 난 그곳에 있다.]

로난은 그렇게 말을 마치고 모습을 감췄다.

정진은 갑자기 자신이 할 말만 하고 사라진 로난이 있던 자리를 잠시 쳐다보다 그가 말한 대로 계단을 찾아 아래로 내려갔다.

† † †

'헉!'

지하로 내려간 정진은 로난이 알려준 방으로 들어가자마자 깜짝 놀라며 숨을 들이켰다.

정진의 눈에 가장 먼저 들어온 것은 허공에 둥둥 떠 있는 붉은 보석이었다.

커다란 마법진 위에 놓여 있는 그 붉은 보석은 보는 것만으로 정진의 심장을 압박할 정도로 엄청난 마력을 담고 있었다.

팟!

[어떤가?]

"무엇이 말인가?"

[지금 보고 있는 것이 바로 내 본체다.]

로난 아케인은 고개를 돌려 방 가운데 마법진 위에 떠 있는 붉은 보석을 보며 말했다.

'아! 방식은 모르겠지만 스승님들이 그랬던 것처럼 영혼을 저 붉은 보석에 봉인한 거구나!'

정진은 그제야 눈앞에 떠 있는 보석의 정체를 깨달을 수 있었다.

[난 지금까지 왕국의 후예가 날 찾아오길 기다렸다.]

로난 아케인은 정진을 보며 자신이 무엇 때문에 존재하고 있었는지 이야기하기 시작했다.

참으로 희한한 것이, 로난 아케인의 모습이나 아케인 아카데미에서 자신과 인연을 맺은 스승님들의 모습이 정진에게 오버랩되었다.

'어떻게 아케인이란 이름도, 그리고 자신의 임무를 완수하기 위해 희생을 한 모습까지도 이렇게 비슷할 수가 있단 말인가?'

정진은 참으로 이상한, 이렇게 비슷한 우연이 시간을 달리 하면서도 있을 수 있다는 점이 의아했다.

[자네에게서 인류가 멸망했다는 이야기를 들었을 때는 참으로 믿기 힘들었네.]

로난 아케인은 담담한 표정으로 정진에게 말을 하였다.

비록 본체는 아니고 미러 마법을 이용한 허상이라고 하지만, 7클래스인 정진이 진짜와 허상을 구분하기 어려울 정도로 완벽한 이미지였다.

정진은 로난 아케인의 이야기를 들으면서 그의 모습이나 바닥에 그려진 마법진을 살폈다.

[사실 난 요 근래 이곳을 찾은 존재들을 자세히 살펴봤네. 그리고 인연이 있는 존재를 발견하면 왕국의 유산을 물

려주려 했지만, 전부 욕심에 눈이 멀어 제 동료를 죽이더군.]

'설마 헌터들이 죽은 이유가?'

그동안 헌터들이 이곳 죽음의 협곡에 들어와 서로 죽고 죽은 원인에 대해 미스터리로 남았는데, 지금 그 원인이 밝혀진 것이다.

[물론 이곳 주변에 깔린 마기의 영향이 있기는 하지만, 이곳을 찾은 인간들은 마기의 영향만이라 보기에는 그 행동이 너무도 거칠고 욕심이 심했어.]

로난 아케인은 협곡에 들어온 인간들이 어떻게 행동을 하고 또 어떤 최후를 맞았는지 회상을 하는 듯 잠시 이미지가 흔들렸다.

[혹시 날 이곳에서 데리고 나가줄 수 있나? 보다시피 난 이곳에 묶여 나갈 수 없는 몸이네. 너무도 오랜 시간 이곳에서 왕국의 후예가 나타나 내 의무를 계승해 주길 기다렸지만, 난 너무도 지쳤네.]

자신에게 씌워진 의무에 짓눌린 로난은 정진에게 애원하듯 말했다.

[이곳을 나갈 수만 있다면 내 최선을 다해 자네를 돕겠네.]

처음 등장할 때와 다르게 로난은 이젠 정진에게 애원을

하고 있었다.

그런 로난의 모습에 정진은 뭔가 애잔한 느낌을 받았다.

자신의 두 스승과 같은 임무를 받았지만, 스승과 로난은 성격이 달랐다.

두 스승은 끝까지 자신들의 임무를 위해 최선을 다했고, 정진과 인연을 맺고 깨달음을 얻어 뉴 어스를 떠났다.

하지만 눈앞에 있는 로난은 스승님들과 비슷한 경지에 오를 정도로 마법 실력이 뛰어난 마도사였지만, 지금 하는 모습을 보면 스승들과 많은 차이가 있었다.

[날 데려가 준다면 우리 아케인 마탑이 가지고 있는 마법과 연구의 결과물들을 모두 자네에게 주겠네.]

정진이 생각에 잠겨 아무런 말을 하지 않자 급기야 로난은 자신이 가지고 있는 것들을 가지고 흥정을 시작했다.

자신을 데리고 가주기만 한다면 가진 것들을 모두 주겠다는 로난의 말에 정신을 차린 정진은 얼른 그에게 제안했다.

"그게 정말입니까? 제가 밖으로 데려가 주면 당신이 알고 있는 것들을 모두 제게 가르쳐 주겠다는 말이?"

[물론이지. 이곳은 너무 지겨워. 이렇게 있다가는 정말로 타락한 존재가 되어버릴 지경이야!]

사실 아케인 왕국의 핵심인 왕실 마탑의 수장인 로난은 왕국이 흑마법사들과 전쟁을 벌일 때 기습적으로 침범한 흑마법사들로부터 마탑을 지키기 위해서 마탑 자체를 봉인했다.

그런데 흑마법사들이 혹시나 다른 자들이 봉인을 풀 것을 두려워해 아무도 접근을 하지 못하게 어둠의 마나로 결계를 쳐버린 것이다.

그 때문에 아케인 왕국의 고위 마법사들과 귀족들은 왕국의 전력 중 상당 부분을 차지하는 마탑이 공격을 받는다는 소식에 다급히 찾아왔지만, 흑마법사들이 어둠의 마나로 결계를 치고 철수를 하는 바람에 마탑의 봉인을 풀 방법이 없었다.

그렇게 로난은 결국 언젠가 어둠의 마나를 극복하고 자신의 봉인을 풀어줄 존재를 기약 없이 기다리게 된 것이다.

하지만 로난의 기나긴 기다림은 아케인 왕국이 무너지면서 보답받지 못했다. 로난은 무너진 아케인 왕국의 유산이라도 지키고 후대에 물려주려 했으나, 아무도 나타나지 않는 기나긴 시간이 계속되자 정신이 무너질 것을 염려해 스스로의 영혼을 붉은 보석에 봉인하고 잠들었다.

그 이후 뉴 어스에 존재하던 왕국들이 멸망하고, 어느 순간 지구와 연결된 차원 게이트에서 지구인들이 이곳으로 넘어올 때까지 잠이 들어 있다가 20여 년 전에야 깨어난 것이다.

잠들어 있을 때야 괜찮았지만, 깨어난 뒤에 홀로 아무도 없는 이곳에서 계속해서 봉인을 풀어줄 존재를 기다린다는 것은 정말이지 그 어떤 고문보다 참기 힘든 일이었다.

더욱이 흑마법사들이 풀어놓은 어둠의 결계는 알게 모르게 로난에게 계속 영향을 주고 있었다.

9서클에 이른 마법의 경지로 인해 본능적으로 지금 자신의 상태가 어떤지 알게 된 로난은 위기감에 하루라도 빨리 이곳을 벗어나야 한다는 생각에 정진에게 모든 것을 주더라도 벗어나도록 부탁하게 된 것이다.

"그럼 마법사의 맹세를 하십시오."

정진은 마나에 대고 하는 마법사의 맹세를 언급했다.

마법사라면 절대로 어길 수 없는 계약을.

[그것이 무엇인가?]

하지만 정진의 말을 들은 로난은 마법사의 맹세가 무엇인지 몰랐다.

"그것은 고대 마도 제국의 마도사들이 만든 계약입니다."

[그래? 알겠네! 내 그 마법사의 맹세란 것을 하겠네!]

자세히 알지는 못했지만, 한시라도 이곳을 벗어나고 싶은 로난은 정진의 말에 따르기로 했다.

로난이 동의하자 정진은 곧바로 마법사의 맹세를 하기 시작했다.

"지금부터 제가 스펠을 하고 질문을 하면 당신의 이름을 마나에 대고 맹세를 하면 됩니다."

[그렇게만 하면 되는 것인가?]

"그렇습니다. 그럼 지금부터 시작하겠습니다."

정진은 더 물어보려는 로난을 막고 스펠을 중얼거렸다.

"나, 마나의 숙명을 타고난 정정진과 마나의 길을 걷고 있는 마법사……."

정진은 룬어로 이루어진 스펠을 하다 멈추고 로난을 쳐다보았다. 로난이 스스로 이름을 말해야 했던 것이다. 로난은 곧바로 큰 소리로 자신의 이름을 말했고, 정진은 중단했던 스펠을 계속했다.

한참을 그렇게 중얼거리던 정진은 심장에 있는 서클을 돌려 마력을 운용했다.

어느새 스펠이 모두 끝나자 그의 몸이 밝은 청색으로 빛나기 시작했다.

그리고 로난이 봉인된 방 중앙에 있는 붉은 보석과 연결되었다.

로난은 그런 모습을 모두 가만히 지켜보고 있었다.

정진은 의식이 끝나자 눈을 천천히 떴다.

그런데 자신에게서 느껴지는 기분이 조금 전과는 달라졌다.

그리고 머릿속으로는 무언가 알 수 없는 지식들이 쏟아지기 시작하면서 엄청난 두통이 느껴지기 시작했다.

'아!'

정진은 엄청나게 밀려드는 두통으로 인해 제자리에 주저앉고 말았다.

정진은 두통이 무엇 때문에 생기는지를 깨닫자 곧바로 가부좌를 틀고 앉아 명상에 빠졌다.

우웅!

정진이 명상을 시작하기 무섭게 몸에서 작은 진동음이 울리며, 조금 전과는 비교가 되지 않을 정도로 빛이 몸 안에서부터 터져 나왔다.

팟!

빛이 터짐과 함께 정진의 몸이 점점 공중으로 떠올랐다.

마치 무협지에서 나오는 부공삼매처럼 몸이 바닥에서 떠오르더니 빙글빙글 돌기 시작했다.

그러자 마치 뱀이 허물을 벗듯 입고 있던 옷들이 사라지더니 몸에서 검은 물로 보이는 것들이 흘러내렸다.

한참을 그렇게 빙글빙글 돌던 정진의 몸이 멈추고 다시 제자리로 돌아오자, 이번에는 사방에서 마나가 정진의 몸으로 몰려들기 시작했다.

깨달음을 얻어 새로운 경지에 올라 바디 체인지를 하고

있는 것이다.

봉인되었다고는 하지만 9서클의 마도사인 로난과 계약을 하면서 정진은 8클래스로 들어서게 된 것이다.

만약 눈을 뜨고 자신의 경지가 오른 것을 알게 된다면 정진이 어떤 표정을 지을지 상상도 가지 않았지만, 지금은 8클래스가 되면서 확장된 서클에 마나를 채우느라 정신이 없어 자신의 상태를 모르고 있는 정진이었다.

〈『헌팅 프론티어』 제10권에서 계속〉